中华先锋人物
故事汇

乔羽

生命如歌

QIAO YU
SHENGMING RU GE

马三枣 著

党建读物出版社　接力出版社

图书在版编目(CIP)数据

乔羽:生命如歌/马三枣著.—南宁:接力出版社;北京:党建读物出版社,2024.3

(中华人物故事汇.中华先锋人物故事汇)

ISBN 978-7-5448-8431-0

Ⅰ.①乔… Ⅱ.①马… Ⅲ.①传记小说-中国-当代 Ⅳ.①I247.5

中国国家版本馆CIP数据核字(2023)第248168号

乔羽——生命如歌

马三枣 著

责任编辑:袁怡黄 刘笑开 甘 清
责任校对:杨少坤 阮 萍 刘会乔
装帧设计:严 冬 美术编辑:高春雷
出版发行:党建读物出版社 接力出版社
地 址:北京市西城区西长安街80号东楼(邮编:100815)
广西南宁市园湖南路9号(邮编:530022)
网 址:http://www.djcb71.com http://www.jielibj.com
电 话:010-65547970/7621
经 销:新华书店
印 刷:北京科信印刷有限公司
2024年3月第1版 2024年3月第1次印刷
787毫米×1092毫米 32开本 5.25印张 75千字
印数:00 001—10 000册 定价:25.00元

版权所有 侵权必究

质量服务承诺:如发现缺页、错页、倒装等印装质量问题,可直接联系本社调换。

服务电话:010-65545440

目录

写给小读者的话 …………… 1

梅家大院 ………………… 1

甜蜜的果实 ……………… 7

千家诗 …………………… 13

五月榴花 ………………… 19

打"虎" …………………… 25

南池藕,北塘莲 …………… 31

一块银圆 ………………… 39

智斗 ……………………… 47

今宵别梦寒 ……………… 55

父亲的泪 · · · · · · · · · · · 63

羽化成蝶 · · · · · · · · · · · 69

日出太行山 · · · · · · · · · 77

文艺之光 · · · · · · · · · · · 85

让我们荡起双桨 · · · · · · 93

一条大河 · · · · · · · · · · · 103

在周总理身边 · · · · · · · 113

"歌德派" · · · · · · · · · · 119

一只蝴蝶飞呀飞 · · · · · 125

难忘今宵 · · · · · · · · · · · 133

好朋友 · · · · · · · · · · · · · 139

永远是孩子 · · · · · · · · · 145

百年如歌 · · · · · · · · · · · 151

写给小读者的话

亲爱的小读者,我们是通过吃饭长大的,是在阅读中长大的,也是在歌声里长大的。从小时候听的儿歌,到少年先锋队队歌、升旗仪式上的国歌,再到影视剧主题歌,那些美妙的歌词和动听的旋律,拨动着人们的心弦。当你年岁渐长,歌声会唤醒你的记忆,让你重返过去的岁月。

乔羽爷爷写了一辈子歌词,大多数都短短的,只有几十字或一百多字,却久唱不衰。《让我们荡起双桨》《我的祖国》《难忘今宵》……一代代中华儿女都唱过他填词的歌,他是公认的当代词坛泰斗。

乔羽本名乔庆宝,一九二七年生于山东省济宁市。幼时他的家庭生活拮据，靠哥哥姐姐做店员维持生活。十八岁，他参加革命，改名乔羽，进入晋冀鲁豫边区北方大学学习。毕业后，他开始专业创作。他从人民中来，心里装着人民，写的歌都是献给人民的精神食粮。在他的笔下，歌词如泥土般朴素，都是家常话，浅显中有深意，平白里寓哲理。那些歌词仿佛是生了翅膀的精灵，能钻进人民大众的心坎里。

"让我们荡起双桨，小船儿推开波浪。海面倒映着美丽的白塔，四周环绕着绿树红墙。小船儿轻轻，漂荡在水中，迎面吹来了凉爽的风……"这首《让我们荡起双桨》创作于一九五四年。从表面上看，一群孩子在划船，可是，那些景物里洋溢着人民当家做主的幸福，绽放着祖国花朵的笑脸。

"一条大河波浪宽，风吹稻花香两岸。我家就在岸上住，听惯了艄公的号子，看惯了船上的白帆。这是美丽的祖国，是我生长的地方。在这片辽阔的土地上，到处都有明媚的风光……"这首《我的祖国》创作于一九五六年。这"一条大河"是家门前的那条河,也是长江、黄河,它孕育了华夏文明,哪个中国人不热爱这条大河呢!

"难忘今宵,难忘今宵,无论天涯与海角。神州万里同怀抱,共祝愿,祖国好,祖国好。告别今宵,告别今宵,无论新友与故交。明年春来再相邀,青山在,人未老,人未老。"这首《难忘今宵》创作于一九八四年,作为中央电视台春节联欢晚会结束曲,满怀家国深情,被沿用至今。

乔羽还创作过歌剧《刘三姐》、话剧《杨开慧》、电影剧本《红孩子》、儿童剧《果园姐妹》,他也是音乐舞蹈史诗《东方红》《中国革命之歌》的主创者。山西人最爱《人说山西好风光》,孩子们喜欢《大风车》,年轻人爱唱《思念》,老年人享受着《夕阳红》,海外游子高歌《爱我中华》……凡有华人的地方,就有乔羽的歌曲在传唱。

他用作品创造着伟大,却用心灵固守着平凡。他是小商贩、农民工的朋友,他是睿智幽默的长者，也是童心未泯的老小孩。他和自己的作品一样，真实地生活在人民中间。他用一生谱写了一曲平凡而壮丽的天地之间的歌。

梅家大院

京杭大运河的水流啊流，流经山东济宁城的时候，船只往来不息，河面热闹起来。远航的货船扬起了风帆，那帆大都是花花绿绿的破布缝合成的。靠岸的船呢，人拉纤绳，船头坐着年纪稍大的舵手。河岸上清风吹来，船工的号子声此起彼伏，北方的皮货、江南的竹木、景德镇的瓷器、渔家的海货都在这里集散。

城南的河岸边白天舟车络绎不绝，夜里灯火通明。店铺作坊、酒楼戏院一家挨一家，沿街的叫卖声不绝于耳，梆子声、货郎的击鼓声、管弦丝竹声持续不断。岸边那些古老的房舍都是青砖灰瓦白粉墙，高高的房台基上爬满了绿茸茸的青苔。小巷幽深洁净、青石铺地，石隙间钻出几株野草，也不怕人踩，翠绿地挺立着。

巷子里有一所老宅——梅家大院。这是清末梅统领的官邸，后来梅家家道中落，院里就租住着很多杂姓人家。

这天早晨，院内那几株丁香树开出了紫色的小花，花瓣密密地簇拥在一起，香透了小巷。

"庆宝，快来看！"一位六十多岁的老者在树下招呼着。

房门开了，跑出个三四岁的男孩子。

"爹，看什么？"

"蝴蝶跳舞呢。"

小庆宝仰头望着丁香花，上面蝶喧蜂闹，真热闹。

"你学过的古诗中，哪首写的是这景象啊？"

"黄四娘家花满蹊，千朵万朵压枝低。留连戏蝶时时舞，自在娇莺恰恰啼。"

父亲捋着白胡须笑了，他摸摸小庆宝圆圆的脑瓜，挂着龙头拐杖，拉着孩子的小手，出门散步。

梅家大院　3

梅家大院在财神阁街上，西边是翰林街，西北是铁塔寺，东边为文昌阁。这一带住过明代的翰林、清代的状元，是个钟灵毓秀的好地方。父亲带他逛逛财神阁，又转转文昌阁。

咚咚咚——文昌阁门外响起了欢快的鼓声。庆宝拽着父亲往外跑。大门口挂起了条幅：文昌书社。这里不是卖书的，而是说书的。一张桌案后，那穿长衫的老艺人怀抱渔鼓，手打竹板，唱起《白英治水》[①]的故事。庆宝的眼睛亮了，一个劲儿地往前边挤。

渔鼓书是济宁城独具风韵的民间曲艺，一人单独演唱，伴奏乐器只有一鼓一板。鼓为渔鼓，用竹筒和鱼皮制成。表演的时候，唱为主，说为辅，唱腔随意，唱词多为七字句或十字句，合辙押韵，一韵到底，用本地方言来演唱，老百姓一听就懂。

"白英一见尚书到，躬身施礼忙问安：'老大人啊，您怎么亲自来了？我这破家烂院您可别嫌。''白贤士，说什么破家与烂院，依我看，自

---

① 白英是明朝著名农民水利家，他主导的引汶济运水利工程对后世运河沿岸的经济发展做出了贡献。——本书脚注均为编者注

古高人出民间。'……"老艺人连唱带说，绘声绘色，庆宝听得入了迷。回到家，他满脑子还是渔鼓书里的情节。阳光照进窗棂，道道金黄，煞是好看；浮尘飘啊飘，一清二楚。他看着看着，心想，这是小仙人在跳舞吧？他张开胳膊，和仙人共舞起来。

这座老房子是传统建筑，乔家租住了梅家大院的中间一部分，房里东西两间用雕刻精致的木隔扇门隔开，上面刻着刘海戏金蟾、麒麟送子、牛郎织女之类的传说故事。一架刷着枣红漆的椿木条几横靠北墙，上面供奉着列祖列宗的牌位，逢年过节时，一家人在此叩头行礼。茶几上方墙上挂着福寿图，画着老寿星、松鹤、梅花鹿。两边联语曰："驾长车踏破青山，唱高歌响遏白云。"这出自一位翰林学士的行楷，笔力遒劲。庆宝住东房，隔扇上挂了一幅小中堂①，工笔山水画，两边联语是："春山展画卷，秋水映诗篇。"隶意浓郁，这是庆宝父亲的手笔。

---

① 指悬挂在客厅正中的尺寸较大的字画。

每天醒来，母亲常给小庆宝唱民歌、讲故事。饭后，父亲教他识字、读诗文。他在梅家大院跑进跑出，在淳朴的民风中成长起来。

甜蜜的果实

乔庆宝就诞生在梅家大院,在家排行老五。母亲生他的时候四十二岁,父亲已经六十四岁。天下爹娘疼小儿,父母给他取名为"庆宝","庆"代表的是辈分,"宝"字呢,足见父母对他多么珍爱。

一九二七年,天下不太平,国民党发动了四一二反革命政变、马日事变。而在他出生之时,两支军阀队伍正在争夺济宁城,一方死守,一方猛攻,激战了多日。所以,迎接他出生的不是喜庆的鞭炮,而是恐怖的枪炮声。

他出生的第十天阳光很好。上午,母亲站在窗前,抱着他喂奶。

轰隆隆!砰砰……枪炮声又响了,与梅家大院近在咫尺的南城门房梁被震得掉下了灰尘。

父亲慌慌张张跑进来："快，快躲一躲！"

母亲看着怀里儿子的小脸蛋，还在喂奶。

"危险啊！"父亲催促道。

对小庆宝的爱冲淡了母亲的恐惧。枪炮声响了不是一日两日了，大家还都平平安安的，那不是冲咱老百姓来的，能有什么危险呢？

枪炮声越来越密集，父亲急得团团转。突然，轰隆一声，天塌地陷一般，屋里尘土飞扬，屋顶漏出个大窟窿，父亲定睛一看，一枚黑乎乎的炸弹落在了地上。母亲暗叫一声"完了"，搂紧怀里的小庆宝。庆幸的是，炸弹没响，父亲赶忙喊人把这铁家伙拖到野外。

大难不死，母亲念叨着："谢天谢地，庆宝这孩子，兴许有点后福呢！"

父亲叹息："生不逢时，生不逢时啊！"

小庆宝茫然无知，吃饱了奶，还笑呢。

苦难有如乌云，远远望去，黑压压一片，身临其境的时候，你会发现，乌云不过是灰色的。

社会动荡，但日子还得一天天熬下去。乔家一家七口，父亲乔熙民是位饱学之士，旧军队曾聘他做过军师，他出谋划策，书写公文。母亲郝怀慈很善良，持家有方。大哥庆祥比庆宝大二十三岁，很早就弃学做工，贴补家用。大姐明甫只念过两年书，在私人作坊做活儿，制作糕点。二姐玉贞读书时间长，读了五年，可惜记性差，学业荒废了，在手工作坊织手套。由于家境贫寒，父母不得不让一男两女弃学做工，寄希望于次子庆瑞、小儿庆宝，盼着他们好好念书，光宗耀祖。

庆宝刚学说话，父亲便教他认字了。

一岁半的时候，父亲抱他上街，墙上写着广告"大小毛巾"。父亲指点着念这四个字，庆宝跟着学。父亲教了两遍，庆宝奶声奶气，复述多遍，竟然不出差错。父亲兴冲冲地抱着他来到城楼下，仰着脸，教他念"天下为公"。回到家，父亲把"大小毛巾""天下为公"写在纸上，他还读得出来。这八个字，庆宝从认到写，不到一天工夫。母亲在一旁看着，暗暗高兴。

打这天起，父亲把硬纸剪得方方正正，用毛笔写上一个个字，天、地、人、鸡、猫、狗……教庆宝正确的读音，学会三五个字就放起来。第二天，先温习旧字，再学新的。学会一百个字了，父亲就用纸把这些纸片包好，对庆宝夸奖一番，买些小吃奖励他。

庆宝是苦难中甜蜜的果实，给一家人带来了希望和欢乐。哥哥姐姐也喜欢这聪明伶俐的小弟弟。

要过年了，大哥拿来新衣："庆宝，试试这身新衣服吧。"

"不穿。"

"为什么？"

他拍拍自己身上穿的："这身不是很好吗？"

"大嫂给你做了，是她的一片心意，你换上吧。"大哥劝着，他才接过新衣。

大姐走过来，问："庆宝，给你买鞭炮，放不？"

他摇摇头。

"为啥不放，不敢吗？"

"憨巴子[①]放炮，聪明人听响。有人放，咱听

---

① 济宁方言，意为傻瓜。

着就行了呗。"

一家人都被逗笑了。

有一天,二姐逗他:"庆宝,王老道的芝麻糖球好不好?"

他说:"好!"

"你要不要?"

"不要。"

"真的不要吗?"说着,二姐变戏法似的拿出一串糖球。

庆宝咽了一下口水,说:"吃嘴①的孩子没出息。"

母亲给他讲过这道理。这时候,母亲忙说:"二姐给的,拿着吧。"

他接过糖球,先送到母亲嘴边,又给父亲,父母乐得合不拢嘴。

哥哥姐姐回到家,总是不顾劳累,把小庆宝揽在身边,掏出糖果、花生、核桃,放他手里。他舍不得吃,把零食放在身边,搂着它们睡觉。第二

---

① 意为吃零食。

甜蜜的果实

天,见到邻家小伙伴,就跟他们一起吃。

庆宝四岁时,父亲数了数,他学会的汉字有三十包了,一共三千个字!

千家诗

晨曦里，先醒来的是运河的桨声，哗啦哗啦，桨声带动一座水上浮城——货船。无数的桨，无数的船，摇啊摇，摇醒了济宁城。声远楼上，悠扬沉郁的晨钟敲响了。

庆宝醒来，揉了揉眼睛，说："娘，昨晚的故事真好听，再讲一个吧。"

"等你爹讲诗吧，我还要轧碾子呢！"母亲说。

"我帮你！"庆宝一骨碌爬起来。

轧碾子就是磨面。用水泥砌成基座，托住一块圆盘状巨石，这是碾盘。在碾盘孔中插入木桩，连接一个硕大的圆柱体石滚，曰"碾砣"。碾砣上有把手，用把手推动碾砣，用它的重量把米粒、豆子碾碎，这些粮食就成了粉。碾砣很沉，乔家没有毛驴，母亲总是累得满头大汗。小庆宝握住把手，咬牙瞪眼，猛劲推。他太小了，起不了什么实际作用，母亲心里却暖烘烘的，仿佛生出了无穷的力气。豆子越碾越碎，庆宝美滋滋的，觉得都是自己的功劳。

门口传来熟悉的脚步声，父亲散步回来了。庆宝扑过去，见父亲脸色阴郁。

"听说，红枪会要打济宁了。"父亲皱着眉头，"这年头，兵荒马乱，整天打仗，我们百姓啊……"

"只怕是传言吧。"母亲安慰他。

父亲摇摇头，进屋取来《千家诗》，坐在丁香树下，给庆宝讲诗。庆宝的心思全用在红枪会上了，老走神。"他们的枪都是红色的吗？红枪会和守城的兵，谁厉害呀？"他问这问那，父亲也不作答，还是专心讲诗。渐渐地，诗句收拢了他的心思，那一个个汉字组成的句子让他看到另一番迷人的景象。

这天后半夜响起了神秘的钟声，南城外的枪声如暴雨般传来，伴着厮杀声、呐喊声，一家人惶恐不安。拂晓前，轰隆隆，传来几发炮弹的爆炸声，战斗渐渐平息了。红枪会是乡勇组织，由于他们的武器落后，这次攻城伤亡惨重，从此销声匿迹了。

孩提时代，庆宝似懂非懂地经历着这一切，在父亲的教导下，诗文是他的精神乐园。他忘不了父亲教他学诗，声音慈爱温和，阳光照过来，映着父亲的白须，他仿佛见到了古人。每教一首，父亲都给他提好几个问题，有时问他字词，有时聊一聊诗意，还领他出门，走进古诗的环境，他似乎穿越到了唐宋。古诗和眼前的生活融合了，平凡苦涩的日子就生出诗意。

城外，山峦起伏。初春时节，父子携手登上山坡，远看绿茵茵的。父亲牵着他的小手，走近了细看，满坡枯草，诱人的绿躲哪儿去了呢？庆宝四处张望，哦，找到了，绿草在远处！他兴冲冲跑过去，又没了。

绿色在玩捉迷藏吗？庆宝疑惑不解。

父亲说："远看时，草色连成一片，嫩芽就显得很绿，近了呢，一株一株的，稀稀疏疏，绿芽就显得少了。古人也有过这样的发现,还留下了一首诗呢。"

"哪一首啊?"

"天街小雨润如酥,草色遥看近却无。最是一年春好处,绝胜烟柳满皇都。"

庆宝回味着诗句,问:"哪位诗人写的?"

"韩愈。"

"哦,我记得,唐宋八大家之首!"

"是啊,聪明的孩子!"

到了夏天,荷塘莲花绽放,荷叶层层叠叠,小野鸭游来游去,唧唧叫。

父亲说:"这情景,诗圣杜甫也观赏过。"

"写诗了吗?"

"《千家诗》里就有,点溪荷叶叠青钱……"

"对啊!"庆宝抢着吟诵起来,"糁径杨花铺白毡,点溪荷叶叠青钱。笋根雉子无人见,沙上凫雏傍母眠。"

"能讲出诗意吗?"

"飘落在小路上的杨花碎片,就像铺开的白毡子。点缀在水上的嫩荷,像青铜钱似的一个叠着一个。一只只小山鸡躲在竹笋根旁,没人看得见。沙滩上,刚出生的小野鸭依在母亲身旁安然入睡。"庆宝望着眼前的美景讲述诗意,仿佛欣赏着一幅早春图。

父亲带庆宝边玩边学,不知不觉,《千家诗》他已经谙熟于心了。一个民族的精华在它的诗和文学里头。庆宝早早地明白了,这看似平凡的世界,实则充满了无数诗篇。

那时候,庆宝养了一只大公鸡,羽毛金灿灿的,大尾巴弯弯的,高高的冠子红得发亮,他给公鸡取名为"金凤"。七岁时,他作了一首咏鸡诗:"金凤高坡立,潇洒迎旭日。嘹亮歌一曲,彩霞满天飞。"

父亲看后,惊喜地问:"真是你写的?"

庆宝认真地说:"骆宾王四岁咏鹅,杜甫七岁咏凤凰,我咏一只公鸡,也不知咏得当不当?"

"小小年纪,要跟古人一比高下了。"父亲捋着胡子,"记得朱元璋是怎样咏鸡的吗?"

"公鸡一叫一撅达,公鸡两叫两撅达。公鸡一唱天下白,扫除流星和残月。"①

"你这首诗生动文雅,超过了朱元璋!"父亲鼓励他,"好好学,你是未来的大诗人呢!"

---

① 此诗另有版本:"鸡叫一声撅一撅,鸡叫两声撅两撅。三声唤出扶桑日,扫退残星与晓月。"

五月榴花

五月又称"榴月",是石榴花盛开的时节。韩愈有一首榴花诗:"五月榴花照眼明,枝间时见子初成。可怜此地无车马,颠倒青苔落绛英。"五月里,如火的榴花映入眼帘,鲜明耀眼,枝叶间偶尔可见小小的石榴。可惜啊,这里缺少王孙公子的车马,榴花纷纷散落苍苔之上。

那天清晨,小庆宝还在被窝里酣睡,忽然,脑瓜顶上有一抹凉意,他惊醒了,眨眨眼,想看个究竟。忽然,耳朵里又被抹进了凉凉的东西,浓烈的酒气冲进鼻孔。母亲用毛笔蘸着用白酒浸泡过的雄黄,来为他"驱邪免灾"了。

"端午节到了,快起床!"母亲催促着,"用院子里那盆清水洗洗眼睛。"

庆宝连忙起床，来到院子里。东方刚刚泛起鱼肚白，这天他起得格外早。石磨上有一盆清水，湛清湛清的，泡着艾叶，漂着几朵盛开的石榴花。

这水真凉啊，他洗了两下就缩回手来。

母亲说："这是头天晚上泡上的，放在室外吃一宿露水才灵验，用它洗了眼睛，一年都不会生眼病。"

他忍着凉，好好洗眼睛。洗完了，睁眼一瞧，周围亮堂堂的，太阳已经露出来了。

许多年后，他才知道，这是一种古老的风俗。年近古稀，他还清楚记得过端午节的往事，感慨地说："大概是母亲有些守旧吧，这些古老的习俗在她的心中是神圣的。或许她并不知道这种习俗的来历，也不曾在这种习俗中得到过什么历史的启发。她不识字，当然也没有读过书，但她的认真和诚意使我感到，她认为这样做会使她的孩子避免受到邪恶与病痛的侵袭，让她的孩子得到平安，获得幸福。她大概更不会想到她给予我的一抹清凉，使我记忆终生。儿时的五月，对我来说就是那杯雄黄酒,就是那盆湛清的水,就是那些青青的艾叶,那些盛开的石榴花。"

旧时代,老百姓日子朝不保夕,烧香敬神无非是祈求平安,得到心灵的安慰。一入腊月,大街小巷就响起小贩的吆喝声:"请财神啦!请门神啦!请天地啦!请灶君啦!"神像是用油光纸七色套版加工,经多道工序彩印而成的,颜色很艳,人物形象有几分笨拙,庆宝喜欢看。母亲花几个钱,请来神像,庆宝蹦蹦跳跳,抢着帮母亲往墙上贴。

母亲停住手,提醒他:"要恭恭敬敬的,不然'神'就不高兴了。"

他立刻安静了,静悄悄地贴,生怕惹恼各路神仙。

乔家供奉的是天地、灶君、福神、贵神、财神、喜神、门神。一幅幅神像,映得蓬荜生辉,满是喜庆气氛。

灶君是每家每户的监护神,腊月二十三上天奏报一家的善与恶。当天晚上,家家都要将灶台、桌案、锅碗瓢盆、罐子、坛子擦洗得干干净净。这天一大早,母亲在灶君像前摆上灶糖,放好水果,把旧神像揭下，在香炉前焚化，跪祷灶君"上天言好事，下界报吉祥"，庆宝也跟着跪拜。起身后，再供上新的灶君，这就叫作祭灶。

春节之前，满城飘散着香喷喷的味道，那是油炸美食的香味，人们挤满了大小店铺，争买年货。有人打着梆子高喊："小心扒手！小心扒手！"热闹中的紧张气氛让庆宝隐隐激动。他在人群里钻来钻去，想看看哪个是扒手。

过年了，乔家供着神像，两边点着红蜡烛，中间燃香，一派庄严神秘的气氛。天不亮，拜年活动就开始了。庆宝醒来，先给列祖列宗磕头，再给父母磕头，又给哥哥姐姐拜年。

穿上新衣要出去玩了，他发现衣兜里有一块银圆，赶忙举起来，说："娘，我捡了钱！"

母亲笑了："这是压岁钱，祖上传下来的习俗，对你好，你收着吧。"

父亲嘱咐他，小孩不准乱说话，带有"少""穷""病"的字眼更是忌讳，彼此见面都要恭喜一番。

对穷人来说，过年就是过关。富人家穿新衣、吃大肉，穷人家无米下锅，债主又逼上门来，简直到了鬼门关。乔家呢，穷些，但母亲精打细算、持家有方，总能熬得过去。母亲俭朴，庆宝看在眼里，吃的、用的他从来不跟人攀比。

晚上，全家人围坐父母身边，听母亲讲牛郎织女、青蛇白蛇、哪吒闹海……母亲的故事很多，如夜空的繁星，听得庆宝意犹未尽。邻居家的大人领孩子来拜年，央求道："乔伯伯，唱支曲子吧！"父亲并不推却，开口就来上一段京剧清唱。他唱得声情并茂，那孩子要跟着学，父亲便一句句地教，总要闹腾到很晚。

这些古老的风俗都印在庆宝幼小的心里。多年以后，他回忆道："当时我是一片混沌，一片天真，没有想到这些事情对我有那么大的影响，现在看来，那时我受到的那种切肤的触动，让我幼小的心灵切切实实地感受到，一个生机蓬勃的季节就要来临了。后来，正是在这种感受中，我领会了'五月榴花照眼明'这样的诗句。后来的后来，也是在这种感受中，我又唱起了'五月的鲜花开遍了原野'这首深沉不屈的革命者的歌。"

打"虎"

　　一九三一年九月十八日，日本关东军自行炸毁沈阳北郊柳条湖附近的一段路轨，反诬中国军队所为，并以此为借口，进攻东北军驻地北大营和炮轰沈阳城。

　　九一八事变后，东北地区相继沦陷。

　　这一年冬天，济宁连下了几场大雪，到处堆银砌玉，运河的货船也被夜雪覆盖了。路上结了厚厚的坚冰，车辆难行，路人稀少，北风嗷嗷直叫。

　　一天，庆宝见父母满面愁云，便问："爹，出什么事了？"

　　"咱们乔家又要乔迁喽！"父亲自嘲，"孟母三迁，乔家都六迁、九迁了。"

乔家居无定所,不知租住过多少地方。自古以来,搬家都有"乔迁之喜"的说法,乔家却没有沾上一点儿喜气。梅家大院的租金上涨,他们不得已搬到了文家街租金便宜的房子里。在庆宝的记忆里,这是最早的一次搬迁,哥哥姐姐抬箱子、搬床铺,他觉得好玩,跟着一起忙活。

父亲说:"庆宝,去院子里堆雪人,留作纪念吧。"

他跑出去,用小铲挖雪堆雪人,不一会儿,就满头冒汗了。他摘掉帽子,刚堆了第二个,东西就搬完了,母亲招呼他,他回头瞅瞅雪人,舍不得走。

他问:"两个雪人怎么办?"

大哥把他抱上车:"到了新家,我给你堆个更大的。"

鞭子一摇,驴车启程了。车子摇摇晃晃,积雪嘎吱嘎吱响,远离了熟悉的小巷。再见了,梅家大院!再见了,丁香树、小雪人!

文家街的房子简陋,门板黑乎乎的,没有木器雕花,院子里也没树。父亲把字画挂在墙上,自得其乐,端详着说:"室雅何须大,花香不在多。"

一天傍晚,文家街来了两个叫花子。长者年近七旬,是个盲人;孙子八九岁,给爷爷引路。爷爷拉得一手好二胡,唱的是《百忍歌》,一群孩子跟在后面,一直跟到乔家隔壁的大门口。

这户人家有一扇黑漆大门,算是富户了。主人绰号"懒三",游手好闲,坐吃祖上遗留的家产,什么不干也享用不尽。他家有只恶犬,叫花子都知道这狗的厉害,从不到他家讨饭。爷孙俩初来乍到,不了解情况。老人拉着二胡,唱着歌,突然从门里蹿出一道黑影,黑影还狂吠起来,小孙子吓得躲到爷爷身后。

庆宝跑回屋里,打开自己的百宝盒,抓出几颗糖果,要送给祖孙俩。恶犬还在耍威风,吼个不停。

黑漆大门里,"懒三"的四儿子四虎哧哧地笑,阴阳怪气地说:"咬死你们!谁叫你们穷,我喂狗,它还会给我摇尾巴呢。"

庆宝大怒,捡起一块石头狠狠地砸在狗腿上。恶犬欺软怕硬,夹着尾巴钻进了门。

四虎仗着家族大、人口多，经常惹是生非。这下子，四虎记了仇。

一天，庆宝和小伙伴在院外堆雪人，给每个雪人都起了好听的名字。

小伙伴说："庆宝，我把雪人当作朋友，夜里梦见雪人都活了，把雪变成了面粉！"

"好梦啊，瑞雪兆丰年，今年农民会打很多粮食，磨很多面粉。"

"太好了！"小伙伴激动地说。

望着雪景，庆宝念念有词："春雪满空来，触处似花开。不知园里树，若个是真梅。"

小伙伴皱着眉头，听不懂了。

"我说的是唐代诗人的咏雪诗。"

忽然，身后有人怪笑："哟，听说你是小才子，会作诗，给我来一首吧，臭小子！"

庆宝回头一看，是四虎。小伙伴害怕了，拽拽庆宝的衣角，劝他走。

庆宝不怕，理直气壮地说："你家狗咬人，我可不给你作诗。"

四虎瞪着眼睛，扑到雪人跟前，三脚两脚一顿乱踢，把刚堆好的雪人全毁了。

"叫你破坏！"庆宝冲上去，一下子把四虎推倒在雪堆里。

四虎刚要爬起来，腚上挨了一脚。没想到比自己小一岁的小才子，竟然这么猛，四虎抱着头，不敢动了。庆宝瞅他那副可怜相，心软了，要扶他起来。四虎也来了倔劲，不让他扶。

小伙伴低声催促："庆宝，快跑吧！"

"没事，他不敢怎样。"

四虎起来后，果然没敢还手，灰溜溜地回家了。

不多时，"懒三"领着抹着眼泪的四虎找到乔家，告状来了。

父亲说："庆宝动手是不对的，都是小伙伴，如果大家都讲道理就不会打架了。"

庆宝道了歉，四虎还不肯走。

母亲赔了半天不是，这爷俩才算罢休。

事后，父亲告诫庆宝："孩子啊，动武不好，以刚克刚，两败俱伤。汉代的张良不以拾履为羞，韩信也曾受胯下之辱。有智慧者，忍为上，走为高,为鸡毛蒜皮的小事不值得打架。"

这是庆宝第一次打架,竟然打了一只"虎"。

春节过去了,正月十五是花灯节,春天即将来临。文家街的雪人已经融化,不知梅家大院的雪人还在吗?两条街离得不远,庆宝踏着泥泞的路,走进那条小巷,贴近门缝往里瞧,但院里早已没有什么他生活过的痕迹了,院里住了另一户人家。

南池藕，北塘莲

初夏，浓浓的绿叶之中，燃起一片火红。开在碧绿枝头的石榴花，就像一团纸包不住的火，噗的一声绽开了。

"庆宝，这本书念好了，你就会对对联了。"父亲递来一本书页发黄的老书，"你从前作诗全凭感觉，不讲什么对偶押韵，读了这本书，对联诗词都不在话下了。"

他接过来一看，是《声律启蒙》。他曾经翻看过，"云对雨，雪对风，晚照对晴空。来鸿对去燕，宿鸟对鸣虫……"一句一句，像药店伙计背诵的《药性赋》，觉得没什么意思，就撂下了。父亲这么一提醒，他认真地读起来。这是一本学习声韵格律的启蒙读物，按韵分编，给词语分了类，分为天文、地理、花木、鸟兽、器物等，包罗万象，是一座词语宝库，他越读越有滋味。

父亲又建议他背诵《幼学琼林》《龙文鞭影》，类似古代的百科全书，什么知识都要用对偶的句子编写而成，读起来朗朗上口，庆宝喜欢极了。他记性好，又感兴趣，很快就把书中的宝藏移进了自己的大脑。

那一天，雨过天晴，青蛙在草丛里蹦跳，蝉在枝头鸣叫。

父亲兴致很高，对庆宝说："我要考一考你了。"

"好啊！"庆宝期待地望着父亲，"考什么？"

"我出上联，你对下联，我说风，你对雨，我说天，你对地。"

庆宝眨着明亮的眼睛，跃跃欲试。

"上联是，枝头玄蝉。"

"岸边青蛙。"庆宝对答如流。

"好，我这上联还能加长——枝头玄蝉长鸣。"

"岸边青蛙蹦跳。"

"'蹦跳'？对仗不工整。"

"'唱歌'怎么样？"

"'唱歌'可以，但是，不如再改改。我这里'长鸣'，你那里就该……"

"长对短，嗯……岸边青蛙短唱！"

父亲继续考他："枝头玄蝉长鸣，声声入耳。"

庆宝想了想："岸边青蛙短唱，句句动心。"

父亲点点头，拉着他的小手，沿河散步。

悠悠运河向远处流去，流经一片湖泊，叫作微山湖，湖中微山岛上有微子墓、张良墓等古迹。微子是古时候的王子，死后被葬在了岛上。父亲这样想着，脑海里又冒出一个有难度的上联。

"微山湖，微山岛，微山岛有殷微子。"

对联规矩严格，必须同类词对应，物对物，人对人。庆宝年纪小，识字不少，知识毕竟有限，找不到有关联的词语，《声律启蒙》上也没有。他皱着眉头想啊想，被难住了。

一路上，他搜肠刮肚，终于想起母亲讲过大禹的故事，便脱口而出："大禹山，大禹陵，大禹陵中大禹王。"

父亲笑了："想象很好，可是，世上有大禹陵，哪有大禹山这个地方啊？"

是的，大禹山是他急中生智编出来的，父亲竟然识破了。庆宝愁眉苦脸，绞尽脑汁地思考。

回到家，他把那几本书都搬出来，查找着，琢磨着。哥哥姐姐回家了，用好吃的东西逗他，他无动于衷，还在苦思冥想。

母亲着急了："庆宝，别折磨自己了，不就是一副对联吗？"

父亲也劝他："这对联有难度，你还小，算了。"

"这个想不出来的话，我睡不着觉。"庆宝说，"爹，能提示我一下吗？"

"对联这东西，不懂者认为是雕虫小技，实则不然，它能表现出一个人的胸怀、情操、知识和机智，它比诗词更精练，是诗中之诗。"说着，父亲提醒他，"济宁出过状元，我不再细说了，你想一想。"

济宁这地方是孔孟之乡，人才辈出，从唐朝至清朝出过许多状元郎，最有名的是两位孙状元，他们住同一条街，同姓不同宗。这条街离乔家不远，父亲讲过他们的故事。

经提醒，庆宝灵机一动，对出了下联："状元桥，状元街，状元街出孙状元。"

第二天，庆宝准备了一个小本子，央求父亲领着自己去抄古建筑上的对联。济宁城内外的三塔、六寺、十五楼、十八阁、七十二牌坊上都有精妙的对联，几天工夫，那些联语都被记在了他的本子上。有一副对联知名度很高："铁塔挂慈灯，普照玉露；石佛系响铃，声远金山。"联中嵌入了济宁城里的八个著名古迹：铁塔寺、慈灯寺、普照寺、玉露庵、石佛寺、响铃阁、声远楼、金山庵。庆宝把它们牢记心里，成了个对联迷。

他主动迎接挑战，让父亲再出上联，而且要求带地名。

父亲说："城南有个南池，是济宁八景之一，你就以南池为题作对吧，这回反应要快些。"

庆宝有备而来，自信地期待着。

"南池藕，玉节低埋通地理。"父亲说了上联。

"北塘荷，金茎高耸写天文。"庆宝略加思索，就对出下联。

父亲抓起毛笔，赶快把这副对联写下来，贴在墙上，说："这副对联很难得，意境不俗，有境界。"

庆宝瞅瞅，问："您怎么把'荷'字改成了'莲'？"

"莲藕嘛，莲对藕，更工整好听。"

父亲字斟句酌，丝毫不马虎，令小庆宝佩服。

一天傍晚，庆宝和伙伴到杨家坝钓鱼。这里河水清甜，居民宁可多走路，也到这来汲水，做的饭菜更香。清冽的水里，鱼虾、河贝也干干净净，吸引了很多垂钓者。庆宝坐在岸边，一边钓鱼，一边观赏晚霞里的波光，"落霞与孤鹜齐飞，秋水共长天一色"。

一位垂钓的叔叔撂下钓竿，走过来，摇头晃脑地问："彼何人哉，河边垂钓？"

庆宝明白，这是在考他，便故意文绉绉地答道："吾乔某也，桥畔弄钩。"

叔叔笑了："听说乔熙民先生的小儿子是个神童，是你吗？"

"我叫乔庆宝,不懂事的顽童。"

那人微微一笑,给"顽童"出了道难题:"子小为孙,非车为辈,孙辈焉能为天才?"

这是拆字联,内含贬义。庆宝生气了,真想冲上去,一头把他撞倒,但转念一想:既然你"斯文",我也以"斯文"相对……算了吧,不理他。他继续低头垂钓。

那人嗤笑着说:"不行了吧,小家伙?"

"一人称大,敢心称憨,大憨怎敢称英雄?"庆宝的下联一出口,那人愣住了,没有言语,便拎起钓具,消失在了暮色里。

有位老伯凑过来问庆宝:"刘司令的秘书跟你谈什么了?"

"谁是刘司令的秘书?"

"他呀,"老伯指着那人远去的方向,"他是济宁城防刘司令的秘书。"

一块银圆

一九三六年,庆宝九岁,早过了上学的年龄。

那几年,洪水、大旱、蝗灾轮番作祟,民不聊生,满大街都是逃荒要饭的人。庆宝该上学了,家里缺钱,进学校简直是奢望。父母商定,无论如何也要送他去念书,就进公立的一天门小学吧,那里不收学费。翻开课本一看,课文这样写:"小猫跳,小狗叫,小弟弟,哈哈笑。"庆宝的知识水平早已超出这个程度。父亲决定让他转学,相中的是明德小学,这是一家私立学校,中外联合办学,学生都是有钱人家的子女。

听说弟弟要转学,大哥反对:"那不行啊,一天门小学多好,不要钱。"

"大哥，我得去。"庆宝央求。

"我们家没有那么多钱啊。"

家里靠大哥做店员维持生活，他的话很有分量。

这时候，父亲说："明德小学有个规定，班里期末成绩排第一名的学生可以免学费，还有助学金。庆宝，你能考第一吗？"

"爹，我一定努力！只要给我缴了初次的学费，以后我绝不让你们再花钱。"

庆宝能否拿第一谁都没把握，但父亲还是决定试试看。这次转学，大哥只凑够了初次的学费——一块银圆。庆宝暗下决心，功课要学得特别好，否则下学期学费就没地方去要了。

明德小学的大门是座精致的石牌坊，上面镌刻着四个大字"克明俊德"，石柱上有副对联"坤厚载物，德合无疆"。坊里右侧是小钟楼，到整点会传出悦耳的奏鸣声，庆宝好奇地扒窗往里看。正对大门处高耸着一座大教堂，门楼正中悬一竖匾，上刻"敕建天主堂"五个粉金字。教堂墙壁上满是绿绿的爬山虎，给人一种神秘感。学校的中央是一座四层教学楼，青砖红瓦，谓之红楼。楼内的地板上刷着红油漆，拱形长廊写着岁月的痕迹。校园绿树成荫，种植的多是杨槐，也有木槿、冬青、刺梅、丁香，这些树木合围着宽阔的操场。这里还有军乐队、实验室、生物标本室、小天文台、保龄球场，图书室藏书万余册。庆宝大开眼界，一下子爱上了这所学校。

学生一律穿浅绿色校服，洋溢着现代气息。庆宝入校三个多月了，还穿着藏青色的粗布衣服，家里没钱订校服。终于，大哥带回一块青紫色的布料，这是他给人家帮忙的报酬。母亲喜滋滋地向邻居家借来校服，照样子连夜缝制，庆宝总算有了第一套校服。可惜，这校服太特殊了，虽然母亲尽力将款式做得与校服相同，颜色却还是有差异。迎接检查的时候，他还是不能和同学们一起列队。

老师无奈地说："你再回避一下吧。"

没办法，他只得一个人躲进教学楼的门洞。他睁着明亮的眼睛从门缝往外看，操场上齐刷刷的队伍真壮观，他的同学或在欢迎贵宾，或在齐声高歌。孤独感、失落感涌上心头，他心如刀绞，眼泪悄悄地涌了出来……

回到家,他不吭声,坐在桌前默默写作业。

父母走近了瞧瞧,看他眼圈红肿,以为他受了欺负。再三询问,他才支支吾吾地说了实情。

大哥听到耳中,疼在心里:"三弟啊,太委屈你了。再难,咱也得买身像样的校服,说吧,多少钱?"

他低声说:"一块银圆。"

当时,一块银圆能买两袋面粉,对别人家来说也许不算什么,可是对乔家来说,这是个大数目。大哥东拼西凑,总算凑齐了一块银圆。从此,庆宝穿上了统一的校服,可以参加集体活动了。同学们到大街上列队欢迎贵宾,庆宝也站在队伍里,挥舞小彩旗,使劲欢呼口号,真过瘾。

为了稳拿第一,他全力以赴,把心思都用在学习上。家庭教育成功,他基础很好,又勤奋刻苦,他果然成为班级第一名。他这个第一名与第二名的分数差距很大,他为的是加大保险系数。他想:万一我失去第一名,就要找一块银圆,我交不出来,就必须保持各门功课遥遥领先。那时候是百分制，以总平均分确定名次，只要有一门功课落后，名次就会被拉下来。他个子矮，体育不太好。体育老师是个善良的大高个儿，看庆宝家境贫寒，却刻苦用功，很喜爱他，总是给他力所能及的帮助。

天有不测风云。有一天，教室门开了，班主任领来个陌生的学生："这是靳世芳同学，他的家在济南，现在转学到我们班，他的成绩很好，大家互相学习！"

同学们热烈鼓掌。

庆宝鼓着掌，心怦怦乱跳。济南是个大城市，藏龙卧虎。靳世芳白白净净，一双小眼睛很明亮。他腼腆地微笑着，向大家深鞠一躬。庆宝紧张极了，心想：他会不会成为我的对手呢？

有一次学校安排小测试，教室里静悄悄的，大家都在低头答题。最后一道题难住了庆宝，他冥思苦想，仍然毫无头绪。数学是他的弱项，他急得冒出了汗。他抬头瞅一眼靳世芳，发现对方也对着这道题发愁呢。靳世芳眉头紧锁，手指在题目上逐字逐句地移动着，嘴唇一张一合，嘟囔着什么。庆宝焦急起来，这道题可是一条"大鱼"，分值很高，要想在测试中取得高分,这道题绝不能丢分。他赶忙集中精力,在草稿纸上反复演算。

忽然,靳世芳站起身,走向讲台,交卷了。

"还剩五分钟。"老师提醒道。

时间不等人,庆宝忙提起笔,抓紧解答。

交卷时,他向老师请教了这道题。他答对了,靳世芳也答对了,但他还是落后了,落后在速度上。羡慕和不安在他心中交织着。

放学路上,他想:不管这次考分如何,在勤于思考这一点上,靳世芳比我强,我要加把劲了。一匹马如果没有另一匹马紧紧追赶,就不会超常地疾驰。人类要在竞争中求生存,便要奋斗。为了减轻家庭负担,庆宝学习愈加刻苦。他必须考第一,不能食言。

这一学期的期末成绩公布了,你猜结果是什么?乔庆宝、靳世芳并列第一!两人的总分连小数点后面的两位数都一样。这样的结果出人意料。班里一下子有两个人获得了第一名,学校要多免一份学费。

有人说,庆宝是神童,但他不喜欢"神童"这个称呼。晚年,他回忆道:"我功课好,不是因为我的天资多么聪颖,是贫穷把我逼成这样的。我这一生中至关重要的几步,都是这样被逼迫出来的。虽然这样不太好,但是当时我学得还真是扎实,为了每次考试万无一失,功课要学得门门到家才行。"

庆宝的书包是大姐用碎布缝制的,练习本是大哥用过的破账本。一个学期,他只用六支铅笔就够了,用得很仔细,生怕碰断了笔芯。他手巧,自制了一种蘸水笔,笔尖用一根小竹竿夹住,用起来很方便,许多同学都请他做,只要配一瓶墨水,能用好长时间。

住校的外地学生虽是有钱人家的孩子,但在这里的伙食并不好,家长们隔些日子就送来些煎饼、窝头、咸菜之类的食物。他们所谓的富有都是通过精打细算积累出来的。同学们以煎饼为主食,没什么配菜,常用开水泡着吃,也有泡盐水或酱油的;讲究些的,偶尔能夹上牛肉、大葱,闻着就香。家里富裕些的学生,早上会到校门口买碗粥喝。周家粥铺很有名,店家把三升豆子三升米磨成细细的粉,熬至散发豆香。校门口不远处有个水煎包子铺,包子的价格偏贵些,学生们是消费不起的。

在这样艰苦的生活条件下,庆宝却没有放松对自己的要求,他不仅学业成绩优异,他的美术、书法作品也经常被放在学校的玻璃橱窗内展览。

智斗

体育老师长着高高的个子,心肠很软。庆宝望着他,老觉得惭愧。老师关照他,希望他取得好成绩,自己却不争气,虽有满腹诗书,运动场却不是吟诗的地方。

嘟——一声哨响,同学们集合了。

上篮球课时,庆宝站在队伍末尾。老师给同学们分组,将大小个子搭配起来分好组。又一声哨响,双方开战了,大个子们一起研究战术,互相传球,不时递个眼色,配合默契。小个子们惨了,跟着篮球东跑西颠,满头大汗也摸不到球,都变成了泄气的皮球,哭丧着脸。

庆宝不愿做大个子的跟屁虫,干脆退场,坐在椅子上喘粗气。

嘟——哨声尖厉刺耳,体育老师瞪着他,挥手示意他上场。

上还是不上?他犹豫着,心里真不是滋味。

体育老师走过来,厉声说:"乔庆宝,不能临阵脱逃!"

他泪汪汪的,噘着嘴不吭声。

"人最出色的表现,都是在逆境中产生的。火能把铁炼成钢,却不能把铁烧成灰烬。"体育老师语重心长地说。

庆宝抬起头,眨眨眼,忽然说:"老师,这么打,小个子太吃亏了,组织一支小个子篮球队吧!"

"你想战胜那些大个子吗?"

"我试试看吧!"

体育老师点点头。

于是小个子们集合起来单独训练。没有了碍手碍脚的小个子们,大个子们欢呼雀跃,打得更欢了。

半个月后,特殊的篮球赛开场了——小个子队对决大个子队。

刚开始,大个子们得意扬扬:小个子们想赢,白日做梦!大个子们高高在上,占尽优势,但是没想到,篮球一旦落入小个子们手里,他们就吃亏了。小个子们动作灵活,他们猫着腰贴地传球,像一群调皮的猴子,而"长颈鹿"们笨手笨脚,无计可施。庆宝带领小个子们扭转乾坤了,大个子们成了小个子们的跟屁虫,大个子们追着小个子们抢球,却怎么也得不到。同学们都来围观,大声喝彩。就这样,首战告捷,小个子们扬眉吐气了。

体育老师眉开眼笑,鼓励大个子们:"没有永远的胜者,有时候,受点刺激不是坏事,你们要是化解得好的话,你们的内心会更强大。"

庆宝心里喜滋滋的。关于如何摆脱困境,他悟出个道理——智慧是最有力量的。一场比赛带给他的不仅仅是成功或失败的结果,更重要的是一种历练,让他拥有了勇气、胆魄和智慧。

小个子们初尝胜利的果实,乐不可支。这么厉害的队伍应该有个好名字。在中国神话中,天马是奔腾的骏马,能腾云驾雾,拥有不畏强敌、不怕牺

中华先锋人物故事汇　乔羽

牲、拼搏进取的勇气。大家七嘴八舌地进行了一番讨论，决定小个子篮球队就叫"天马队"。明德小学的石牌坊上刻着四个字"克明俊德"，意思是把伟大崇高的美德发扬光大，他们借篮球比赛弘扬了校训，体育老师笑容满面。

那时候，庆宝心里还有个困扰。

邻家有个女孩，年龄比他大，辈分却比他小，要管庆宝叫叔叔。女孩又高又壮，像座黑铁塔，怎么甘心对着一个小孩喊叔叔呢？有一天，她在小巷里与庆宝相遇，冷不丁抓住庆宝的臂膀，用力一举，给他来了一个过肩摔。庆宝倒在地上，屁股生疼。他不讨饶，也不哭，拍拍裤子走了。女孩尝到了甜头，一见庆宝就扑过来，拿他取乐。三十六计，走为上计。只要见到"黑铁塔"，庆宝就绕路走。可是，那家伙盯上他了，穷追不舍。庆宝跑不过她，被逮住了，又是一个过肩摔。看来，一走了之并非上策。

那一天，冤家路窄，两人又相逢了。

高墙遮住了阳光，小巷阴森森的，庆宝的心提到了嗓子眼儿。他没逃，向"黑铁塔"迎了上去，越走越近。女孩盯着他，疑惑不解，心想：这小子怎么不怕我了？不管那么多了。她伸手就要抓庆宝。不料，庆宝突然躺在了地上。女孩扑了空，打了个大趔趄，险些摔倒。她恼羞成怒，踢了庆宝一脚，气呼呼地走了。

以后，只要狭路相逢，庆宝就立刻躺下。连躺几回，"黑铁塔"的力气无处施展，渐渐地，她欺负人的念头平息了。这段往事让庆宝懂得了，有时候，退让比战斗更有力量。以退为进是智慧，比什么力量都强大。

小庆宝的脑袋瓜里充满了智慧，六年的小学课程，他只用三年就完成了。课余时间，他拼命阅读图书馆的藏书。那里的书可真多，有鲁迅、巴金、郁达夫、闻一多的作品，也有孙中山、李大钊、陈独秀等人宣传革命思想的文集，有古代的《史记》《楚辞》《庄子》，也有外国的《希腊神话故事》《天方夜谭》等，各种书籍应有尽有。在阅读中，他的知识更丰富了。

春节前夕，街口有人卖春联。

回到家，他跟父母说："我也要卖春联。"

父亲摇摇头:"老先生卖春联卖的是字,你一个小孩子写的字谁买呀?"

"我练字好几年了,如果卖出去,能挣几个小钱,春节也能吃上一顿好饭菜。"

父亲看他这么自信,就在街口摆张桌子,铺上红纸,备好墨汁,陪他玩一玩。

旁边都是白胡子老先生,唯独庆宝又矮又小,像刚上学的小娃娃,但他居然能挥毫落纸写春联,人们觉得有趣,都来围观。他写字时,脚尖撑地,脖子直挺,握笔的那只手高悬空中,字体规整洒脱,自成街头一景。

有人问:"春联多少钱一副?"

父亲说:"小孩子写的,给钱就卖。"

"小神童的字,给我来一副!"有人掏钱了。

神童卖字的消息传遍了大街小巷,他的"生意"火爆起来。

今宵别梦寒

一九三七年七月七日，爆发了震惊中外的卢沟桥事变，日本发动了全面侵华战争。中国共产党中央委员会向全国发出通电："全中国的同胞们！平津危急！华北危急！中华民族危急！只有全民族实行抗战，才是我们的出路……"济宁爱国人士纷纷投入抗日宣传。庆宝跟着学生队伍走上大街，唱起"国破家倾，苟活何用，快醒酣梦，四万万同胞都从戎"的歌，歌声响彻运河岸边。

九月，平津流亡学生来到济宁宣传抗日。他们成立了合唱队，演唱《松花江上》《义勇军进行曲》《五月的鲜花》等歌曲，还在中西中学召开济宁各校学生大会，控诉日军侵华暴行。庆宝是个感情丰富的孩子，白天看到那些充满激情的诗朗诵、小话剧，晚上就写了一首诗，第二天送给流亡演出队。

一位大姐姐问："你多大了？叫什么名字？你写诗写得这么好，跟我们走吧！"

"好啊！"庆宝眼睛亮了，"我都十岁了。"

"还小呢，我们队伍里最小的孩子都十四岁了。"

庆宝的心里不是滋味。

大姐姐安慰他："好好学知识，锻炼好身体，下次经过这里时，我们会来看你的。"

他低头走出来，听见一阵吆喝声："有钱出钱，有物捐物，有力出力，支援前线，抗击日寇！"抗日后援会在街口设置了募捐箱，号召市民捐款。庆宝停住了，可是，他的衣袋里没钱。他去找母亲："娘，我想向后援会捐几角钱，老师让我们这样做……"母亲没迟疑，打开抽屉，从仅有的积蓄里抽出一张钞票："拿去吧。"

一九三八年一月，日军接连攻陷山东泰安、肥城、兖州、曲阜、邹县、泗水、汶上等地。很快，侵略者的铁蹄踏上济宁，国民党部队与敌寇对峙两天，弃城撤退。敌机在天空盘旋，在城西炸开了两处缺口。

"快出来欢迎皇军！皇军不杀老百姓。"汉奸在街上不停地喊话。他们被老百姓称为"二鬼子"。人心惶惶，没人敢去冒险，都侧耳听着街上的动静。终于有人壮着胆子走出去了，平安无事，又有人走上街头。老百姓多起来了，日军突然行动，射杀数百名手无寸铁的平民。两百多男女老幼藏在一座山洞里，日寇怕有埋伏，用毒气熏，百姓无一生还。这一天，大运河成了一条血红的河。

不久，庆宝考入私立中西中学。日本侵略者千方百计进行奴化教育，要求学校开设日语课，强迫学生参加庆祝日军占领徐州的活动。日本当局让学校教学生唱美化侵略的歌曲，主持学校教务工作的赵守真老师无言地抵抗着，他假装生病，不去执行。被迫工作，他就亲自教学生唱《大路歌》。当时，电影《大路》很火，这是我国电影史上第一部由工人担任主人公的影片。主题歌《大路歌》由聂耳谱曲，导演孙瑜填词。歌中唱道："大家一齐流血汗，为了活命，哪管日晒筋骨酸。合力拉绳莫偷懒，团结一心，不怕铁磙重如山。大家努力一齐向前，压平路上的崎岖，碾碎前面的艰难。我们好比上火线，没有退后只向前。大家努力一齐作战，背起重担朝前走，自由大路快筑完！"

歌声嘹亮，鼓舞人心。放学路上，三五个同学手拉手低声哼唱起来。忽然，日本兵拦住他们，问他们唱的什么歌，他们支支吾吾地如实说了，遭到了一顿劈头盖脸的毒打。

赵老师看到孩子们的伤痕，痛心地低下了头。他改教古典名曲《燕双飞》《汉宫春》。庆宝印象最深的歌曲是《送别》，李叔同填的词："长亭外，古道边，芳草碧连天。晚风拂柳笛声残，夕阳山外山。天之涯，地之角，知交半零落，一瓢浊酒尽余欢，今宵别梦寒。"曲调温馨舒缓，唱词深情忧郁。

学唱这首歌时正是傍晚，天光暗了，秋风强劲，要往教室里钻，窗缝发出呼哨声，一阵一阵，尖厉刺耳，让人想起荒野孤旅，想起战乱中离散的亲朋。庆宝唱着，鼻子酸酸的，泪眼模糊。

歌声停歇了，教室里静悄悄的。

"初一年级的陈际秀同学家离鬼子的哨所不远，

他爹被抓去给日军挑水砍柴，她以为爹给鬼子做苦力，自己就安全了。万万没想到，一天下午，她抱着弟弟坐在家门口玩，突然，飞来的子弹击中了她。还没等她反应过来，第二枪又响了。第一枪打到她的右腿，第二枪打到她的脚后跟，因为失血太多，她昏了过去。等她爹娘用热水把她敷醒，她又疼得昏了过去。没有药，她娘上山采草药给伤口消炎，用盐水洗。伤口长蛆了，她娘就用竹扦刮掉。几个月了，她的伤口还没好，也不能上学，也许要留下终身残疾了。"赵老师的声音哽咽了，"子弹是从侵略者的哨所射来的，他们把一个对他们毫无威胁的女孩当活靶子射击。他们丧心病狂、泯灭人性，是世界上最野蛮的畜生。"

赵老师声色俱厉地痛斥日寇的暴行，把学生们的抗日情绪推到了高潮。

一天早上，几辆军车开进校园，日本宪兵冲进教学楼，逮捕了赵守真等四位老师。宪兵队是人间地狱，进去的极少生还。学校经过多方营救，总算救出了三位老师，唯有赵老师鬼子不予释放。赵老师铁骨铮铮，不肯屈服，一定是惹恼了鬼子，不知他在魔窟里遭受了怎样的折磨。那些天里，校园里气氛凝重，没有了往日的歌声。同学们谨言慎行，生怕遇上汉奸。

三个月过去了，那个午后，校园一阵欢腾："赵老师回来了！"

在众人的簇拥下，赵守真老师蹒跚着走进校园。他脸色惨白，衰老了，瘦弱了，但目光依然坚毅，闪着不屈的光。庆宝跑到赵老师身边，想说些什么，但看到赵老师那虚弱的样子，就忍住了。没想到，这是他与赵老师见的最后一面。

没过多久，赵老师含恨辞世。消息传遍校园，教室里一片唏嘘。庆宝哭得最伤心。赵老师生前特别喜爱他，常把他的文章作为范文朗读，用红笔圈圈点点，还写长长的批语，写的都是鼓励的话。课堂上，赵老师曾经举起他的作文簿，说："乔庆宝的作文有骨气，但不露骨，柔中寓刚。"又说，"乔庆宝知识面宽，文学潜力很大。"课后，赵老师赞赏地说："孔子有个学生叫颜回，颜回生活很贫穷，孔子称赞他'一箪食，一瓢饮，在陋巷，人不堪其忧，回也不改其乐'。庆宝啊，你就是这种贫而有志者，我敢预言，将来你肯定会赢得人们的尊敬！"恩师的声音犹在耳边，笑貌仍在眼前，点点滴滴的教诲令庆宝终生难忘。追悼大会上，庆宝含泪朗读了祭文《赵老师，我们永远想念您》，师生无不为之哀泣。

这一年，二哥庆瑞结婚了。二哥二嫂同龄，都是二十三岁。八年前母亲包办定了亲，但二哥不答应，实在拖不过去了，才匆匆举办了婚礼。乔家有了难得的喜气，新郎官却闷闷不乐。

三天后的早晨，庆宝被吵醒了，家里人都在找二哥。

大哥挠挠头："怪了，昨晚他还和庆宝一起打水，给大槐树北面的老头儿抬满了一缸水呢。"

庆宝坐起来，说："二哥和我约定，天亮前去河边捕鱼。"

他们赶忙去河边找人，却杳无踪迹。

"我看见他了！"一个邻居说，"天蒙蒙亮，庆瑞穿戴得很威武，他站在队伍里，出南门走了。"

原来乔家附近驻扎着一支军阀部队。有一次，二哥患了怪病，感觉忽冷忽热，好心的军医给他治好了。他和军队常有往来,准是受了军人的鼓动,说走就走。没人知道部队的番号,二哥也没跟谁商量,就参军了。

庆宝闻讯,奔向城南,出了门,一直跑出十余里,喘着粗气,两腿软塌塌的。突然,他被什么东西绊了一下,摔倒了,泪水和泥土沾满胸口。大哥赶来,扶他起来。望着茫茫荒野,他耳边响起哀婉的歌声:"天之涯,地之角,知交半零落,一瓢浊酒尽余欢,今宵别梦寒……"

父亲的泪

　　一九四一年,庆宝十四岁。日军公然违反国际法,大肆使用化学武器,造成大量军民伤亡。侵占济宁的日军散播鼠疫菌,惨无人道。

　　那段日子,乔家人在教堂避难。这里曾是清代豪绅的私家园林,后来被德国传教士买下,改建为天主教活动中心,地处城北戴庄,人称"戴庄教堂"。那里树很多,花也密,还种植了瓜果蔬菜,有些种子是从外国带来的。大胡子传教士的园子里结满了红彤彤的果实,庆宝好奇地看他采摘。大胡子抬头看见他,招呼他到园子里玩。那天,庆宝第一次吃到酸甜多汁的西红柿,味道真好。

　　庆宝带回几个西红柿给父母吃。他们把西红柿切开，只吃了一小块。

"不知道你大哥怎么样了。"母亲念叨着。

大哥被迫给日军修筑工事，多日未归。

屋子里一片死寂，仿佛空气已经凝固。

过了好半天，父亲说："我一把老骨头，不怕死，你们要把庆宝照顾好。"

"怎么又提到死了呢？"母亲说，"咱们还要看着庆瑞、庆宝有出息呢。"

二哥庆瑞走后杳无音信，一家人都很牵挂。

父亲七十八岁了，整日忧心忡忡，一天天衰弱下去。战势缓和后，父亲体力不支，卧床不起。请来医生，服了几服药，也不见好。

那天早晨，母亲和哥哥姐姐陪父亲熬过一夜，去歇息了，庆宝陪护父亲。阳光斜射下来，幽暗的屋里显出一丝明媚。庆宝望着父亲苍白消瘦的脸颊，想起诵读古诗文的美好往事，心里仿佛堵了一团东西。父亲一生节俭，吃饭很简单。他一肚子学问，看上去就是个和蔼的老头儿。他贫穷，却不羡慕富人，他讲过："三代看贫，三代看富，贫富是没有根苗的，不是永恒的。那些贫贱的人，大都心地善良，他们不偷盗，不骗人。"父亲从不打骂孩子，也不与人争论是非。他是个平凡的人，坚韧的人，也是个伟大的人。

忽然，父亲微微睁开眼睛，颤巍巍地伸出手来，庆宝赶忙拉住。这手冷冰冰的。

"庆宝……孩子啊……人生在世，应当富贵不能淫，贫贱不能移，威武不能屈，此之谓大丈夫……"声音渐渐含混不清。

庆宝含泪点头。

父亲喘了几口气，又说："你太小了……"

两行浊泪滚过父亲枯槁的面庞。

"爹！爹！……"庆宝大声呼喊。

父亲微睁的两眼渐渐失了神。

听见呼喊，母亲扑过来，一家人全跑过来，哭声伤心摧肝。

庆宝不相信父亲就这样离他而去了。这是他第一次经历亲人离世，他失声呼唤，多么希望父亲会醒来，微笑着答应他啊，可是一切都是徒劳的，父亲没有一丝回应。刹那间，他痛不欲生，默念着："爹啊，你为何走得这样早？我以后的路该怎么走啊？……"

出殡那天，到场的除了几十位亲眷，还有父亲的几百个朋友。他们送来幛子、贡品、挽联，悼念这位一生不求闻达的贤哲。挽联挂满街巷。有副挽联写道："梁木能擎成大器，乔松不老自长春。"这是一位姓梁的挚友写的。另有一副这样写道："文华在兹，德音长存。"赫然署着刘枕青、李寿民等六位济宁城知名人士的大名。有一位朋友的挽联是："追往昔仙君与吾结笔砚之好，抚此刻挚友向汝表手足之情。"整条小街水泄不通，惊动了半座济宁城，吊唁场面在百姓中当属空前。父亲只是个平民，却有着非凡的人格力量。庆宝望着来来往往吊唁的人，泪眼模糊，更加思念父亲了。

失去父亲后，庆宝变得沉默寡言。他常痴痴地望着遗像，回忆父亲教他背诗的日子，想起父亲的朋友来访时的热闹场面，他们谈论《红楼梦》《西厢记》时父亲的神情……院子里，父亲种的花正在盛开，走近细看，有几朵枯萎了，他便情不自禁地落泪。看到父亲用过的笔、读过的书，他也伤心。他独自一人，走到东门外，看到一株枯柳，忽然记起父亲教他念的《枯树赋》:"树犹如此,人何以堪?"和父亲在一起的往事如运河的水,流向远方,成为永恒的过去。他坐在岸边,看云,看帆,船帆钻进天边的云里,云里又飘来点点白帆。曾经,父亲领他到船上玩,船儿摇啊摇,风儿轻轻吹,他们和渔家老伯谈天说地。走在小巷里,听见叫卖声、渔鼓声、梆子声,甚至虫鸣鸟啾之声,都勾起了他绵绵的思念。

这思念层层堆积,他写了一篇近千字的《哭父诔(lěi)①》:"……心海涛兮卷巨风,星辰昏兮天将倾。我父高仪众钦敬。晚清秀才称遗老,学贯中西谁与同。……彼苍天兮何有极,我父虽去神永存。"

多难之秋,庆宝开始思考这世道。家里为什么这样贫穷,从没过过宽裕的生活?哥哥姐姐不能安心读书,早早担负起生活的重担。古人说"国破家亡,亲友凋残",只有国家强大,百姓才有好日子。

庆宝想帮家里多干些活儿,家人爱怜他,不让

---

① 叙述死者事迹,表示哀悼的文章。

他插手，可他非干不可。那时候，饮水要到水铺里买，他放了学，就偷偷横上扁担，挑起水桶去买水。他个子矮，要把扁担上的链钩挽两圈，才挑得起来。力气不够，他就买半桶水，一前一后，摇摇晃晃往回挑，多跑几趟。半路上，他要歇歇气才能担到家。

家里人发现，庆宝失去了稚气，说话办事像大人了。多年后，他回忆道："我的童年是在'中华民族到了最危险的时候'度过的，民族的危亡感像低气压一样沉重地压在一代中国人的心头。危难使人早熟。正是在这种心态中，作为少年，我充满感情地阅读了自鸦片战争以来的中国历史。看到那么多割地赔款、丧权辱国的不平等条约，一个少年心中，一面是怒不可遏，一面是憋气郁闷，实在抬不起头来。我们这古老的国家什么时候才能扬眉吐气啊？"

羽化成蝶

日落了，庆宝走进家门。昏暗的屋子里飘着饭香，大嫂做好了饭菜。母亲招呼他吃饭。坐到桌前，抬眼就看见父亲写的隶书对联："春山展画卷，秋水映诗篇。"这是父亲向往的美好生活，却只是一个美梦，如今"春山露愁颜，秋水映凄惨"。想到这里，他猛然一惊。在学校，他写了一首诗，遗落在了书桌上。

那是诅咒日寇的藏头诗："日子难又难，本该早晴天；鬼魅来作祟，尔等见罗阎；恶人难得道，魔怪妄作仙；必然学子胜，亡日看西山。"每句的首字连起来是"日本鬼尔，恶魔必亡"。这首诗是在同学间偷偷传阅的，如果被驻校的日本教官"田眼镜"发现了，那就凶多吉少了。"田眼镜"名叫成田敏卫，戴着一副圆圆的黑框眼镜。

第二日，他早早赶到学校，诗不见了，他暗暗祈祷能逃过一劫。不一会儿，"田眼镜"走进教室，笑嘻嘻地朝他招手。他硬着头皮走过去。

"你写的这首诗？""田眼镜"掏出那张纸。

"嗯。"庆宝不得不承认。

"田眼镜"示意庆宝跟他到办公室。

"请坐。"他操着生硬的中国话说，"我的，久闻你的文采好，中日亲善，你的明白？我们是好朋友，你的，歌颂皇军有赏，不然的，是坏了良心的。"

庆宝没吭声，惊出一身冷汗。

"田眼镜"没提藏头诗的事，又跟庆宝闲扯了些别的，就放他回去了。按常规，"田眼镜"每周要向宪兵队汇报情况，举报学校的反日言行。那些天，庆宝为自己的粗心捏了一把汗。两三周过去了，平安无事。也许鬼子没发现那是藏头诗，也许在等他创作歌颂皇军的诗吧。

一九四五年初，世界反法西斯战争节节胜利，德国在欧洲败局已定。八月六日和九日，美军向日本广岛、长崎投下两枚原子弹。八日，苏联对日宣战，派遣苏联红军进攻占领我国东北的日军。在中国人民和世界反法西斯力量的沉重打击下，八月十五日，日本天皇被迫宣布无条件投降，中国人民终于取得了抗日战争的伟大胜利，济宁百姓欢呼雀跃。

然而，他们高兴得太早了。汉奸摇身一变，成了国民党山东保安师师长兼济宁城防司令，他满城搜刮，强取豪夺，社会秩序大乱。很快，共产党领导的八路军几日内连克郓城、巨野、汶上，兵临济宁城下。这支晋冀鲁豫军第七纵队，骁勇善战，连夜攻城，一举夺下济宁城，国民党守军被歼。一九四六年一月九日凌晨，济宁解放了！这是解放战争初期的巨大胜利，数万军民隆重庆祝，盛况空前。

一天课间，一个陌生人找到乔庆宝。他是共产党地下工作者，知道庆宝成绩优异，劝他报考北方大学。这所共产党开办的大学在太行山的晋冀鲁豫边区，办学宗旨是全心全意为人民服务，为新中国建设培养人才，学生可以免费读书。庆宝一听，兴奋起来。

晚上，趁大哥心情舒畅，他说出了自己的想法。

大哥一听，直摇头："你这么小，外边还很乱，不能随便出去。"

"我都快十九了。"庆宝不服气。

"你这孩子，越大越不懂事了。"大哥板起脸。

"我喜欢走自己的路，我能照顾好自己，你们放心吧。"

母亲终于说话了："让他试试吧，在外不行再回来。"

大哥拗不过他，叹息一声："你呀……"

庆瑞一去不归，吉凶未卜，庆宝又要远走他乡，思来想去，大哥又改了主意。第二天，庆宝要去报名，被拦住了。这次，大哥态度坚决，庆宝据理力争，兄弟俩吵得很凶，在母亲劝说下，两人才偃旗息鼓。趁大哥不在家，庆宝溜了出来，和几名同学一起报了名。考试结果公布了，他名列榜首，被录取了。

入学报到要有介绍信，填上学生姓名。一个人的名字总是寄托着长辈的期望，庆宝想到自己的名字，暗暗苦笑。命运真会捉弄人，庆宝，庆宝，庆了十八年，也没看见宝在哪里。就要踏上革命道路了，为了保密，他想换个名字。想了半个多小时，好字眼一个接一个在脑海里蹦跳，他都不满意。

忽然，下雨了。灵感遇到雨水，像春芽一样冒出来，就叫"乔雨"吧！他比画着，把新名字写在手心里。"雨"字有点别扭，写起来不够对称。他联想到同音的"羽"，在练习书法运笔时，比"雨"字顺手，一笔连下来，真潇洒。字意也很有韵味，想往外飞，没有羽毛怎么行呢？古代的项羽、关羽都是他钦佩的人物。"羽"又是古代的音阶符号之一。成语"羽化成蝶"，是指蝴蝶幼虫经过蜕皮，由蛹变为成虫的过程，就像人经历成长，蜕去丑陋与幼稚，变得智慧而美丽一样。他越想越喜欢这个新名字，一种飘飘欲仙的感觉浸润了他的心头。"就这样！就这样！"他如释重负，兴奋地告诉负责办理介绍信的共产党地下工作者："以后我就叫乔羽了！"

考取大学的事,他没敢告诉大哥,也没跟母亲说,怕走不成。离家前一日,天阴沉沉的,飘起了小雪,又转成雪夹雨,最后下了一场冬季罕见的大雨。他在屋里转来转去,忽而凭窗远眺,忽而卧床冥想。

母亲问:"庆宝,有心事吗?"

他终于憋不住了,向母亲倾吐了心声。

母亲沉默着,看看已经长大的宝儿,嘴角颤了颤,轻声说:"去吧,别让你大哥知道。"

他涌出了眼泪,握住了母亲的手……

离家的事,他唯独瞒着大哥。大哥说过,庆宝但凡擅自离家,被他知道了去的地方,他非把庆宝抓回来不可。他担心弟弟在外受苦。

庆宝匆匆捆好行李,也就是一张草席,两床薄被,几件替换的衣服,让侄女悄悄送到中学的储藏室。这天晚上,他睡在了同学家里。启程那天,母亲派侄女送来些零用钱,还有亲手赶制的一双布鞋。他们搭乘运货的马车,从济宁奔向遥远的太行山,踏上了新征程。马车出济宁西门时,他回望古城,城垣在阳光下渐渐远去,消失了……

途中，除了起伏的荒丘，便是稀稀落落的村庄，满目凄凉。风尘弥漫的土路上，往来的农民，衣衫褴褛，面容憔悴。这片被战火蹂躏的土地，何时才能富庶起来呢？这一去，何时才能重归故土呢？这趟求学之旅不亚于去西天取经，不同的是他求取的是个人成长之经，救国救民之经。

日出太行山

起雾了。太行山的雾是醉人的，透过雾望出去，远山若隐若现，神神秘秘的。乔羽在马车上四处张望，这云遮雾绕的山峦，多像他的人生目标啊，近在咫尺，却轻掩了一层薄纱，越想看得真切，它越遮遮掩掩。雾气遇见冷空气，就结成雾凇，装扮了山川。雾凇比雪花更会打扮这个世界，大雪的手法是压住一切，雾凇却是裹住万物，让万物都银装素裹，变得晶莹剔透，树木山石都变成了宝物。

北方大学在太行山南段，邢台近郊，历史学家范文澜时任校长，他邀请全国著名学者来校授课。这所大学是中国人民大学的前身之一。按照文化程度，乔羽被编入高级班，第一堂是哲学课。乔羽目光炯炯，注视着大名鼎鼎的王锦第教授。

王教授在黑板上写下"黑格尔"三个大字，慢条斯理地开了口："黑格尔建立了他的客观唯心主义体系，其中包括逻辑学、自然哲学、精神哲学三个有机组成部分。逻辑学是研究观念自在自为的科学。在此阶段上，观念是作为超时空、超自然、超人类、超社会的纯粹思维而发展着的……"

听了开场白，乔羽如坠云雾，眼神变得暗淡无光了。王教授讲得越系统，学生越不知所云。"可怕"的黑格尔搞得同学们两眼发黑。

乔羽喜欢钻研，好不容易念了大学，绝不能知难而退。课堂上，他不漏掉老师的每一句话，认真做笔记，弄不懂的地方，就去图书馆查阅资料。他像老牛进了草原，如饥似渴，啃了许多哲学书。渐渐地，他明白了，哲学是人类对自身的思考，是讲道理的科学。"不许出去"，这是下命令；"别出去，外面很冷"，这是讲道理。人是一种讲道理的动物。为什么给他的多，给我的少？为什么今天让我向东，明天让我向西？为什么太阳老是圆的，而月亮有圆有缺？问为什么是人的本性，回答原因需要讲道理，这是生活中的重要事情。经过钻研，乔羽拨云见日，爱上了哲学。哲学让他见到了诗文之外的另一番天地，他如醍醐灌顶。他常在课堂上发出惊人之语，王教授用惊喜的目光端详着他，有时干脆就指派他代讲某一章节。

那时候，学习环境异常艰苦，国民党军队经常骚扰解放区。师生们也像战士一样，几乎天天行军，往太行山里钻，躲避敌人。山坳里有很多小山村，百姓见了师生好像见了亲人，热心地给他们安排食宿。有时，课堂就设在路边，他们坐到山坡上，把大石头当书桌。写字的时候微风拂过，翻动了书页。山雀落在身旁，踱着步，好奇地瞅着这群陌生人。他们不动声色，接着写字。扑棱棱，一只山雀跳到乔羽手边，歪着脑袋看本子上的字，发现一个也不认识，扑棱一下，它飞远了。

有一次，乔羽和同学们在崖边、墙上刷写标语，登上了高高的山顶。山坡上有一户农家，一位白发苍苍的老奶奶坐在一块方石上发呆，晚霞映着她堆满皱纹的脸庞。她的脸庞一边红，一边黑，如同雕塑。

乔羽问:"老奶奶,您在看什么呢?"

"看我儿子。"

他顺着老人的目光望去,只看见绵延不绝的山峦。

柿子树缀着果实,在夕阳里像挂满了红灯笼。再看那弯弯的山道,像飘带似的舞向远方,一切都像诗一样美。

"他从那条山道去给八路军送粮,还没回来。"

"什么时候去的?"

"三年多前。"

那还是抗战时期,她儿子准是落在了鬼子手里。

"也许他加入八路军了吧。"乔羽安慰道。

老人笑了:"他都四十多岁了,队伍里还要吗?"

"当八路军不限年龄,能做什么就做什么。"

老人进屋取出一个布包,那是三双棉鞋,她托乔羽捎给她儿子。

乔羽问清她儿子的名字,说:"老奶奶,鞋呢,您先留着,我要是找到他了,叫他回家看看您。"

太行山是革命青年的课堂。水乡长大的乔羽通过太行山的这段生活经历，不仅学到了知识，还见识了山川的可爱，人民的可敬，这是一笔宝贵的精神财富。后来，他说："有没有这种经历是大不一样的。关键是这个里头有许多人物、故事，是源头活水，都在后来的艺术创作中发挥了实实在在的作用。"

一九四七年七月至九月，党中央在西柏坡村召开全国土地会议，通过了《中国土地法大纲》。不久，乔羽作为北方大学的优秀学生，跟随农村土地改革工作团，进驻冀南地区党尔砦（zhài）村，贯彻落实土地法。乔羽觉得，将来当县长的必是农业专家，做市长的必是工业学者。他想毕业后做经济工作，老百姓再也不能穷下去了。他把土改工作看作自己实现梦想的起点。到了党尔砦村，他挨家挨户地深入调查，写下了细致的调查笔记。年底，华北进入了严寒季节。他不顾寒冷，在一间土房里写调查报告。他也不知哪儿来的劲头，熬到半夜也不觉累。冷得受不了时，他就用被子把自己裹起来，熬到曙色熹微，这样一天能写五六千字。

很快，十二万字的《党尔砦土改调查报告》完成了，被送到中共冀南地区领导王任重的案头，他正为没有过硬的材料发愁呢。读罢乔羽的调查报告，他立即召开会议，表扬这份调查报告观点鲜明，材料生动，逻辑严密，文笔漂亮。这份报告在《冀南日报》被加版连载。王任重从乔羽的文章中，掂量出他的工作能力，决定把他调到冀南政策研究室。但是，中央有令，北方大学的这批学生谁也不能动，留待全国解放统一调配。乔羽留在北方大学，继续苦读。

有一次，师生们又钻进了太行山。在一家小店，乔羽发现了一套当时罕见的《鲁迅全集》。他如获至宝，惊喜地捧起来，书香扑鼻。这书是用高级的道林纸印刷的，他抚摸着书页，纸张光滑而又柔软。鲁迅的文章他是爱读的，第一次见到全集，怎么舍得放下呢？然而，一个穷学生哪买得起这么贵的大书？他翻看了很久，最后恋恋不舍地放下了。店家喊住他，给他让了利。他摇摇头，还是买不起。回到住处，他翻来覆去睡不着。

第二天，几名同学凑钱，合买了这套《鲁迅全集》。那是个不眠之夜，他贪婪地阅读着，一行一行，一字一句，仿佛与鲁迅先生促膝而谈。直到凌晨，他还毫无睡意。

他踏出屋门。天还没亮，朦胧的月色下，风儿不吹，鸟也不鸣，大山还在酣睡，莽莽山野出奇地静谧。远处，依稀可见零零星星的灯火，那是散落于山间的村落。不经意间，东边泛亮了，云气蒸腾，现出一大片彩霞。红与黄交融，明与暗辉映，异彩纷呈，好似飘动的彩锦。霞光之上，大片大片的乌云在铅灰色的天幕上浮动。渐渐地，霞光越发明亮了。突然，霞光中出现了一个光点，它闪烁着，跳跃着，白亮白亮的。光点越来越大，太阳露出了半个脸，探头探脑地注视着这个世界。不一会儿，一轮红日喷薄而出，万道金光洒向大地。

乔羽伫立在阳光下，不愿离去。

太行山是英雄的山，这里的千山万壑都铭刻着中华民族的英雄史诗。来太行山之前，他是不知命运归于何处的乔庆宝；进太行山以后，他成了心中装着人民的大学生乔羽。

文艺之光

有一天，下了课，老师招呼乔羽。

"根据地建起了后方医院，为了加强伤病员的思想政治工作，要办一份报纸，医院向我们求助，希望派一名思想成熟、文笔好的学生担任编辑。学校准备抽调你去……"

"谢谢老师，我一定完成任务！"乔羽有几分激动。

老师嘱咐："记住，要做到工作、学习两不误。"

"您放心吧！"

他喜欢读书读报，没想到自己也成了办报的人。

《光荣报》是一份油印小报，每周一期。"报社"只有他一个人，他要亲手写稿，刻字，画插图，油印，全凭手工。他爱闻那浓浓的油墨味，看着散发着墨香的报纸在自己手中诞生，看着伤病员捧读报纸的专注劲儿，他就笑了。

　　这时候，刘邓大军遵照中央军委指示，不惜一切代价挺进大别山。晋冀鲁豫野战军四个纵队及中原独立旅兵分三路，与敌人激烈交战，完成挺进任务。伤病员就在这所后方医院接受救治。他们都是不怕牺牲的英雄，《光荣报》的内容就是宣传英雄事迹。乔羽成了病房里的常客，伤病员们的好朋友。

　　那天，他又去病房采访，远远地听见了争吵声。几个伤病员正在争吵谁的功劳更大。

　　乔羽推门一看，护士在劝阻他们，可是他们吵红了眼，不管不顾，声音越来越大。

　　"乔记者，你给咱们评评理！"一个伤员喊。

　　他们都佩服乔羽这个有文化的小伙子。

　　"团结一致，同心同德，任何强大的敌人，任何困难的环境，都会向我们投降。这是毛主席说的。"乔羽一开口就用领袖的话教育他们，"战场上，你们都是团结一致的英雄，想想吧，单靠自己，不讲团结，能取得战斗的胜利吗？"

"乔记者说的有道理。"

乔羽看看大家，又说："咱们在家的时候，邻里互相借个东西，农忙时互助干活儿，闲时串门走访，有困难了相互帮助，这是中华民族的美德。大家从小就懂，怎么现在却把这些美德忘掉了呢？"

火气很大的那名战士挠挠头，不好意思地笑笑："算了算了，不跟他们计较。"

《光荣报》开辟了新专栏，开展关于团结友爱话题的大讨论，表扬伤病员们团结友爱的先进事迹。乔羽还在伤病员中收集民间故事、神话传说，帮助他们发表。一份油印小报上刊登的稿件中既有英雄赞歌，又有乡土气息，大家都夸乔羽有办法。院长奖励他一套军装，想留他在医院当宣传科科长，可是，中央要统一安排这批学生，院长未能如愿。

一九四八年秋，乔羽毕业了。

老师问："对未来的工作，你有什么打算吗？"

"我想去做经济工作,让国家富强,让老百姓都过上好日子。"

老师点点头:"新中国就要诞生了,百废待兴,经济工作很重要,以你的能力完全可以胜任。"

他兴奋极了,期待地望着老师。

"学校成立了剧本创作室,你有没有兴趣去搞创作呢?"

乔羽愣住了,这跟他的梦想大相径庭。

"你写的诗文我们都读过了,看得出你很有才华。目前文艺人才紧缺,组织上决定安排你在创作室工作。"

见他有些迟疑,老师又说:"在革命团体里,个人追求的船头要随着革命大潮的流动而变动,我们要树立为人民服务的人生观。经济工作能解决人民的物质需求,文艺工作也重要,解决的是人民的思想道德问题。枪杆子、笔杆子,都能让你成为好汉子。"

乔羽是热爱文艺的,但他觉得搞艺术只是玩一玩,算是业余爱好。三年的大学教育让他明白,自己是一滴水,只有投入革命的大潮,才能永不干涵。于是，他留校进入剧本创作室，确定了新的人生目标。

这期间，乔羽搞创作的同时也当过演员，虽然没演过什么重要角色，他却每次都认真对待，一丝不苟。演出前，他还主动做一些杂务，如点汽灯、挂大幕。在一次演出中，需要有人装扮道具，他说"我来"，就把彩布披在身上，仰面躺在舞台上，扮成小山坡，一动不动。观众看戏，哪会想到那山坡是大活人装扮的，他这一躺就是一个多小时。

二十世纪三十年代，河北流传着"白毛仙姑"的传说。农民们为了供奉神灵，在路边建了小房，摆上水果、馒头、糕点。有人发现，白天放的供品第二天就不见了，那人便深夜守候，看见一个满头白发的女人出现，拿走了供品。啊，莫非"神仙"显灵了？"白毛仙姑"的传说不胫而走。后来，人们才知道那其实是一个受恶霸地主欺辱而逃进深山的穷苦人，长期没有盐吃，所以头发全白了。《晋察冀日报》的记者根据这个传说，撰写了报告文学《白毛仙姑》。延安的文艺工作者把这个故事改编成了歌剧，名叫《白毛女》。一九四五年四月二十八日，《白毛女》首演，毛泽东、朱德、刘少奇、周恩来和社会各界一千多人在延安中央党校礼堂观看演出，这场演出得到了社会各界的一致好评。

终于，《白毛女》要在太行山演出了。那时演出没有像样的舞台，用土垫起来半米高的台子，只要观众能看清，土堆就算是舞台了。台上要放一棵道具树，乔羽和一名同志面对面坐在土台上，身披麻袋，腿夹腿，合抱着那棵"树"。

《白毛女》描写民众在新旧社会里不同的遭遇，表现了"旧社会把人逼成'鬼'，新社会把'鬼'变成人"的主题，塑造了喜儿、杨白劳、黄世仁等典型人物，讲述了一个阶级压迫和阶级反抗的故事。作品以充沛的激情和浪漫主义手法，有力地激发了人民的反抗精神。这部歌剧剧情贴近百姓生活，一开头就很吸引人。喜儿和杨白劳的命运牵动着观众的心，他们止不住地流眼泪。台下的观众比台上的演员还激动，演员们批斗剧中的黄世仁，高喊口号，观众也跟着喊。

望着眼前的情景，乔羽被打动了。他也是穷人家的孩子，尝尽了生活的苦滋味。他家居无定所，一次次搬家；为了一块银圆的学费，他承受了巨大的压力；有钱有势的人对他趾高气扬……《白毛女》演到了人民群众的心坎里，乔羽忍不住也要呼喊起来，他手臂摇晃，夹着的那棵"树"就来回摆动，观众这才发现，"树"底下藏了两个人。

文艺作品唤醒了民众的革命觉悟。他们这样爱看戏剧，让乔羽的心无法平静。那些日子里，他的耳边常常响起"北风那个吹，雪花那个飘"的歌声，有时眼前晃动着喜儿的身影。他想起鲁迅先生在文章中说过："文艺是国民精神所发的火光，同时也是引导国民精神的前途的灯火。"是啊，《黄河大合唱》《义勇军进行曲》就像两座灯塔，照亮前程，催人奋进，在革命征程中发挥着重要作用。

乔羽热爱文艺，也开始敬重文艺了。创作不是为了人前夺萃、成名成家，文艺作品要反映人民心声，要为人民而歌。从那时起，文艺之光开始引领着他，无论是创作剧本还是歌词，他都全力以赴。

让我们荡起双桨

一九四九年一月三十一日,北平和平解放。乔羽奉命进驻北平,他们的创作室就在颐和园昆明湖畔。

运河的水声伴他长大,现在呢,又听见哗啦哗啦的水声了。昆明湖波浪拍岸,声音那么好听,让他有了回家的感觉。在太行山时,他托人往家里捎口信,请母亲和大哥不要挂念。战争时期有规定,不准泄露工作地点,因此他没有说太多细节。如今,人民翻身做了主人,乔羽思乡情切,他坐在窗前,写了一封长长的家书。他时而微笑,时而眼里噙着泪花。湖面上传来游人泛舟的欢笑声,偶有水鸟鸣叫,他侧耳听一听,又低头写信……

十月一日，毛主席登上天安门城楼，向全世界庄严宣告："同胞们，中华人民共和国中央人民政府今天成立了！"广场上，乔羽和群众一起鼓掌欢呼，他仰望五星红旗，热泪盈眶。同年，他加入了中国共产党。他开始拼命创作，有时三天三夜不睡觉。时间长了，他的身体顶不住了，出现了头晕、心悸的症状。同志们劝他劳逸结合，锻炼身体。

那天傍晚，游客交船走了，颐和园很安静，那些小船空荡荡的，在水面上排列着，仿佛在召唤乔羽。他跟船工一商量，船工很热情，反正也没有游客，就让乔羽尽情地划。划船的功夫他早就有，他小时候就在大运河、微山湖里划过。夕阳里的昆明湖美丽幽静，他越划越来劲。风平浪静时，小船优哉游哉，如闲庭信步。风大浪急时，他把双桨平插水中，随浪起伏，从容不迫。同志们羡慕他的好身手，船工也对他竖起了大拇指。每到傍晚游客交船，他在得到船工的同意后，便免费划上个把小时，时间一长，他的胳膊有劲了，身体强壮起来。

一九五四年，长春电影制片厂拍摄电影《祖国的花朵》，这是第一部反映新中国少年儿童幸福生活的故事片，需要配一首主题歌。这时导演想到了年轻的乔羽。

"乔羽同志，你创作了那么多儿童剧，《果园姐妹》《森林里的宴会》都受到孩子们的欢迎，你给我们写一首儿童歌曲吧，你是最合适的作者。"

那是个春光明媚的上午。院子里的桃花、玉兰花都开了，导演的鼓励与信任让他如沐春风，他有点陶醉了，欣然接下这个创作任务。他快快乐乐地回到办公室，喝了一大杯凉白开，慢慢冷静下来，压力也随之而来。

他的耳边响起了导演的话。导演提出了三条要求：一、主题歌要写得妙；二、要抓住这个时代的儿童特点；三、新中国迈出了春天般的步伐，要把"开始"的感觉写出来……细细想来，每条要求难度都很高。"妙"是艺术创造的至高境界，妙不可言，妙笔生花，妙趣横生，"妙"是可遇不可求的。抓住那个时代的儿童特点也不易。他二十七岁了，要捕捉孩子们的心理，让歌曲钻进他们的心里，谈何容易！他必须把满腹经纶丢弃，让心灵变成一张无瑕的白纸。还有，"开始"的感觉他能理解——

个人命运随着共和国的诞生"开始"了意想不到的变化，可是如何将这种感觉展现在歌词里呢？

他出了一身冷汗，暗暗责怪自己冒失，怎么接了这么个棘手的活儿。

左思右想，他打算从以前的作品中寻找灵感。那些儿童剧的剧情大都来自母亲给他讲的故事，幻想成分居多，它们对于《祖国的花朵》主题歌的创作是有益的推动，又是一种束缚。幻想是他许多佳作的产床，然而，这首主题歌必须扎根现实，表现热气腾腾的新生活。他学过和写过的一切，似乎都帮不了他的忙。人生的某些阶段要勇于否定和放弃，这个过程叫作"吐故纳新"。他懂得这个道理，但做起来真难。一连几天，他试着在稿纸上写了几句，都划掉了。那些句子又笨又傻，简直荒唐可笑。为了完成任务硬写是痛苦的。他遇到了一座非登不可，又找不到途径的高峰。他转念一想，干脆放放再说。

乔羽清楚地记得，一九五四年四月十六日，他与朋友起了一场小小的争执——

他说："我们就在昆明湖玩吧！"

朋友说:"到北海公园去。"

"哪里都一样嘛!"

"不一样,昆明湖玩腻了!"

乔羽是个随和的人,两人便去了北海公园,租了条小船,在湖上泛舟。正是春花烂漫的时节,也许是花香熏得游人醉吧,他发现无论是大人还是孩子,男人还是女人,脸上都洋溢着灿烂的笑。

忽然,叽叽喳喳,一阵鸟儿鸣叫般的说笑声飘过来。乔羽扭头一看,几只小船上坐着一群少先队员,他们的脸蛋映着阳光,白上衣衬着红领巾,啊,这不就是祖国的花朵吗!乔羽眼前一亮,用力摇桨,向着春游的少先队员划过去。

乔羽是喜欢水的,一遇到水,他就舒服了,高兴了。此刻,水面上出现了一船船活泼可爱的少年儿童,欢声笑语响成一片,他觉得好玩极了,仿佛自己也成了他们中的一员。他变得淘气了,紧摇几下船桨,超过船队,故意在孩子们面前逞能,显摆划船的功夫。右边有个窄窄的桥洞,乔羽驾着小船飞快地冲了过去。这"飞船"吸引了所有孩子的目光。谁都以为他不是撞船就是翻船,可是,他稳稳

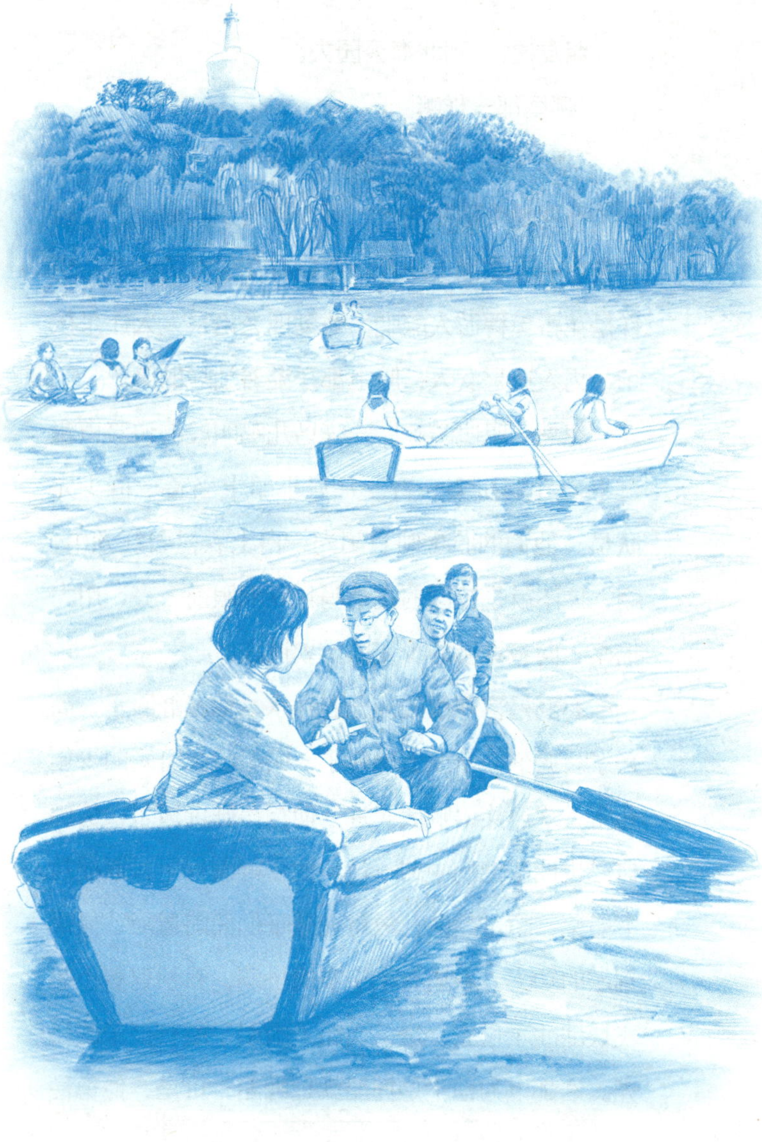

地掌控着船身与桥墩的距离,将船头扎进桥洞,让船舷紧贴桥墩划过,没有一点儿磕碰,像条灵活的大鱼一般从另一头钻出去了。孩子们鼓起掌来,船上的朋友可吓坏了,缩作一团,一个劲儿埋怨他。

乔羽笑了,他好多天没这么开心了。他掉转船头,加入孩子们的船队,在他们密集的队伍里,专找那窄小不好通过的地方穿来绕去,惊心动魄,逗得孩子们一会儿欢呼,一会儿咯咯笑。

"叔叔,你怎么能划得这么好啊?"一个男孩问。

"收你为徒!"乔羽爽快地说,"跟我来。"

他做示范,教他们怎样摇桨,怎样使力。

忽然,有一船少先队员迎面划来,小船儿逐浪而行,清风吹拂,红领巾飘扬,乔羽的灵感之门一下子敞开了。

"让我们荡起双桨,小船儿推开波浪……"他喃喃自语,"对,对,对,就这样,就是这样!"

朋友疑惑了,连声问:"怎么了,怎么了?"

"快上岸,歌词来了!"

灵感之门打开的感觉,是无法形容的快乐,这是用多日的煎熬换来的快乐。他说不清这是生活的恩赐，还是智慧的结晶，脑海中出现的一字一句都那么准确、流畅、平白，令他心旷神怡。他要把眼前的这幅画描绘出来，《祖国的花朵》需要的就是这幅画啊！

小船立即靠了岸，他连蹦带跳，坐到一片草地上，掏出小本子，随即文思泉涌——

"让我们荡起双桨，小船儿推开波浪。海面倒映着美丽的白塔，四周环绕着绿树红墙。小船儿轻轻，漂荡在水中，迎面吹来了凉爽的风。红领巾迎着太阳，阳光洒在海面上。水中鱼儿望着我们，悄悄地听我们愉快歌唱。小船儿轻轻，漂荡在水中，迎面吹来凉爽的风。做完了一天的功课，我们来尽情欢乐。我问你亲爱的伙伴，谁给我们安排下幸福的生活？小船儿轻轻，漂荡在水中，迎面吹来凉爽的风……"

《让我们荡起双桨》的歌词就这样诞生在北海公园里。歌词近乎白描，见船写船，见鱼写鱼，见阳光写太阳，因事起意，触景生情。眼前景，家常话，去尽雕饰，洗尽铅华，返璞归真，没有苦心锤炼的痕迹，此乃艺术之妙境。歌中没有口号，"我问你亲爱的伙伴，谁给我们安排下幸福的生活？"他把想说的话含蓄地隐藏在这一问里。这首歌是乔羽的歌词处女作，也是成名作。这首歌词由刘炽谱曲，几十年来，久唱不衰。

这一年，乔羽加入了中国作家协会，和冰心、叶圣陶等前辈同在儿童文学组。

一条大河

其实,成功者并不神奇,他们往往并没有高人一等的天赋,只是做事全力以赴。乔羽就是这样的人。他有梦想,一步一个脚印,让梦想离自己更近。

《让我们荡起双桨》成功了,长春电影制片厂再次向他发出邀请,不是让他写歌词,而是创作电影剧本。导演问:"你能为我们写一个战争年代红小鬼的本子吗?"乔羽爽快地答应了。他想写三十年代中央苏区一群红孩子的故事。这些孩子所处的是中国革命最艰苦的时期,他们的故事也最能反映那个特殊年代孩子们英勇机智的革命英雄主义精神。他亲赴赣南、闽西一带原中央苏区体验生活,搜集素材。赣水闽山七分美丽，三分苍凉。当地朴实厚道的山民和青春活泼的山妹子都激发着他的创作热情。

那天，他正与老赤卫队员们晤谈，邮递员匆匆赶来："乔羽，电报！"

谁发的电报追到了这里？打开一看，原来是沙蒙导演发来的，邀请他为正在拍摄的电影《上甘岭》写歌词，希望他马上到长春电影制片厂观看影片，尽快动笔。乔羽正在兴致勃勃地整理素材，没心思接新任务。结果，第二封电报又到了，紧接着剧本也寄来了。读罢剧本，乔羽感到这是个好本子，不禁陷入两难境地。他一鼓作气，立即动笔创作电影剧本《红孩子》，打算完成剧本后就赶往长春电影制片厂。当他坐下来的时候，加急电报又到了。电文长达数页，连启程路线都安排妥了，让他先到上海，由上海电影制片厂安排车次，尽快赶到长春。电文最后连用三个"切"字，三个叹号。

乔羽当晚登车赶往上海。上影厂为他买好了去长春的车票，他刚下火车，又上火车，马不停蹄。列车一声长鸣，驶出上海站，向北方疾驰而去。

"长江！长江！"有乘客欢呼起来。

车厢里一阵骚动，乘客都凑向车窗。

两个月前，乔羽赶往江西，那是他第一次看到长江，那烟波浩渺的水面让他感到震惊。现在再次经过这里，他充满期待，然而天公不作美，江面雾蒙蒙的，什么都看不清，只有想象中的长江在他脑海里奔流。

"大江东去，浪淘尽，千古风流人物……"有个小伙子吟诵起苏东坡的名句。

他的同伴也诗兴大发，吟诵了一首古诗。

列车疾驰，窗外祖国的山河历历在目，乔羽思绪活跃，一会儿构思电影剧本，一会儿琢磨新的歌词。

忽然，乘务员播报："兖州车站就要到了……"

哦，列车驶入了山东境内。兖州是鲁西南陆路交通的最大出入口，距离济宁仅六十里地。车门开了，浓浓的故乡气息浸润着乔羽的感官。这几年因为工作繁忙，他很久没回家乡了，与家人仅有书信往来。从这儿上车的男女老少都操着家乡的口音，那种亲切的感觉让他想起自己的哥哥姐姐。他鼻子酸酸的，热泪就要涌出来了。列车缓缓启动，驶离兖州站，他的心狂跳着。列车北上，经泰山，过济南，跨黄河，入山海关，过锦州、沈阳，哐哐当当，由南至北，直达长春。

影片《上甘岭》已经拍完，只留下安排插曲的那几分钟戏，等歌写出来补拍。摄制组停机坐等，即使什么也不干，每天也要耗费几千块钱。当时几千块钱可是个大数目。

乔羽急了，问沙蒙："你认为这首歌应该写成什么样子呢？"

"你想怎么写就怎么写，我只希望将来即使这部片子没人看了，歌还有人唱。"沙蒙甩下这句话，就忙别的去了。

长影厂把乔羽的吃住安排好了，什么也不用说，快快动笔吧！"想怎么写就怎么写"，看似没什么条条框框，但是，"即使这部片子没人看了，歌还有人唱"，这谁能保证啊！乔羽不敢掉以轻心，急切地想写好这歌词，却临纸踌躇，四顾茫然。

他躲进房间，把《上甘岭》的样片翻来覆去看了整整一天。影片讲述了在抗美援朝战争中，志愿军某部八连在连长的率领下,坚守上甘岭阵地,与敌人浴血奋战,最终取得胜利的故事。乔羽没参与过这场战斗,但是太行山上的战争岁月使他懂得了战争给人类带来的是什么,枪林弹雨,血肉横飞,国破山河碎的惨烈景象是他永远为之滴血的记忆。他在枪炮声中出生,在民族屈辱中长大,在战火中幸存下来,面对这部战争题材的电影,他为舍生忘死的英雄流泪,对惨无人道的敌人切齿。他想到了《义勇军进行曲》《黄河大合唱》《保卫黄河》这些惊雷般的佳作,它们都代表了音乐艺术的高峰。然而,艺术贵在创新,他不想走老路,他要寻找具有时代特征的创作方向。

因为写不下去,乔羽常在楼下踱步。这天,晴转多云,渐至阴云漫漫。突然,雨滴打在他脸上,感觉凉丝丝的。紧接着,雷声大作,暴雨滂沱,他赶紧跑回屋子。这雨来得急,去得也快,雨后,他外出散步,清新的空气里传来孩子们的欢笑声。这声音像银铃一般,令他神清气爽。循声走去,他发现三个孩子说说笑笑,正在小水沟里放纸船呢。这情景一下子激活了他的灵感,他联想到家乡的大运河、微山湖，太行山西部的汾河，长江，黄河，还有汪洋大海。瞬间，一缕清风吹进心田。"来了！来了！来了！"他暗暗地欢呼，扭过身，匆匆往回跑，扑到书桌前，最先冒出来的是"一条大河波浪宽"。他作词有个特点，有了开头第一句，就找到了基调，等于有了全篇。

经历半个多月的苦思冥想和苦苦煎熬，《上甘岭》主题歌的歌词诞生了——

"一条大河波浪宽，风吹稻花香两岸。我家就在岸上住，听惯了艄公的号子，看惯了船上的白帆。这是美丽的祖国，是我生长的地方，在这片辽阔的土地上，到处都有明媚的风光。姑娘好像花儿一样，小伙儿心胸多宽广。为了开辟新天地，唤醒了沉睡的高山，让那河流改变了模样……"

天亮了，沙蒙又来催稿。

乔羽交出稿子，有些胆怯。沙蒙把稿子铺在桌上，也不坐，就站在那里。不足两百字的歌词，他反复看了半个小时。屋里静静的，谁也没说话。最后，沙蒙把稿子拿在手中掂了掂，只说了一个字"行"，便笑吟吟地走了。

一条大河 109

第二天,沙蒙又拿着稿子回来了:"你的这'一条大河'指的是长江吧?"

乔羽回答:"是。"

"好极了,我没猜错。"沙蒙笑了,"既然是长江,为什么不说'万里长江波浪宽'呢,那样不是更有气势吗?"

这一问,乔羽愣住了。他把稿子铺展在桌上,一声不响地看了足足半个小时。

终于,他抬起头:"长江的确是中国最长的一条江,居住在这个流域的人口也很多,但和全国人口相比仍然是少数。比如我吧,我是一个北方人,只见过黄河,没见过长江。用'一条大河'就不同了,无论你出生在何地,家门口几乎都会有一条河,即使是一条很小的河流,在幼小者的心目中也是一条大河,而且这条河上的一切都与你息息相关,无论将来你到了哪里,想起它来一切都如在眼前。我感觉还是用'一条大河'为好。"

沙蒙沉吟片刻,折服了:"好,就'一条大河'!"

很快,作曲家刘炽以优美的旋律为这首歌配上了"飞翔的翅膀",歌唱家郭兰英的演唱让这首歌飞进了千家万户。

这首歌名叫《我的祖国》,这首歌的歌词为乔羽的创作开拓了一片新天地,从此,他把祖国命运、个人命运与艺术创作紧密相连。在他的上千首词作中,流传最广的就是歌唱祖国的歌曲,比如二十世纪五十年代的《我的祖国》《祖国颂》,六十年代的《祖国晨曲》《雄伟的天安门》《人说山西好风光》,八九十年代的《难忘今宵》《爱我中华》《祝福中华》……

晚年,乔羽自豪地说:"我从青年写到老年,可以说万变不离其宗。虽然歌曲的名字各有不同,但主题只有一个,都是我的祖国!这一点始终没有变,也永远不会变。"

在周总理身边

一九六四年八月五日，乔羽接到通知，去北京西苑饭店报到，参与音乐舞蹈史诗《东方红》的创作。这是新中国重要的文化活动，文艺界名家云集，三千多名演员参加演出，领导小组组长就是国务院总理周恩来，乔羽担任文学组组长。

创作期间，周总理几乎每晚都到创作组来和大家讨论创作内容，离开时大都是凌晨两三点钟。乔羽手边有一套《毛泽东选集》，遇到疑问，他先说："这个问题，看看毛主席怎么讲的。"然后就翻书查阅，再谈自己的想法。周总理对此十分赞赏。如果讲得全面准确，总理就不吭声，在本子上记着什么。如果有什么遗漏，他就及时补充。许多节目拍板定调，都在瞬息之间。创作好的歌曲，在总理面前一唱，说可以用，就定了；说不行，就换一首，第二天再唱给总理听。排练计划由乔羽签字上报总理，有时连夜报上去，天没亮，就被送了回来，总理用黑笔在重要处画几道杠杠，写上"照此排练"，署上"周恩来"三个字，批复时间尤其详细：某月某日某时某分，简洁明确。审查节目时，总理让乔羽坐在身边，以便想到什么问题及时交流。周总理的目光那样专注，节目的细节记得清清楚楚，谈起建议来，平易近人，细致入微。大国总理的风范，如一面明镜，映照着每一名工作人员，他们更加一丝不苟地创作和表演，期待着周总理的赞赏。

有一天，周总理说，毛主席带领中国人民经过长期艰苦卓绝的革命斗争，赢得了民族独立和人民解放，创建了社会主义新中国，应该创作一首歌颂毛主席的歌曲。乔羽组织了许多人来写，总理看了都不满意。

他对乔羽说："你写个试试！"

乔羽有些犹豫："我倒是写了一首，一直不敢拿出来。"

"拿来！"周总理接过乔羽递上的稿子，仔细读了一遍，"就用这个，不过，我送给毛主席看看再定。"

第二天，周总理来了，微笑着问："谁来谱曲呢？"

毛主席同意了！乔羽悬着的心总算落了地。

这首歌，名叫《毛主席，我们心中的太阳》。这首歌成为音乐舞蹈史诗《东方红》里的重头戏。

从八月五日报到、九月二十五日节目审查通过，到国庆节公开上演，整整两个月，乔羽几乎每天都与周总理见面，一起商量创作，协调排练。这期间，周总理请乔羽到中南海西花厅做客，他端起酒杯说："乔羽，你喝不过我！"周总理用激将法，让他多喝几杯。

在《东方红》演出的过程中，日本松山芭蕾舞团来访。客人一下飞机就被领进人民大会堂。当时，周总理还没到，乔羽就充当了接待官，把客人引进大厅，请他们喝茶。正当他忙于接待时，周总理匆匆赶来了，与外宾热情握手。

走到乔羽跟前，伸出手来，周总理才发现：

"哎呀，怎么是你，乔羽？"

"是呀，总理，咱们唱'空城计'了。"

周总理放声大笑："不错，不错，你当了诸葛亮。"

一位大国总理与一名年轻艺术工作者的友情弥足珍贵，它深藏在乔羽心底，像一颗种子，一有机会，便会破土而出。

有一次，记者朋友给乔羽讲了一件往事。

由于持续的暴雨天气，黄河出现了历史上罕见的特大洪水，郑州黄河大桥有桥墩出现偏移。如不及时处理，后果不堪设想。当地政府计划让一万多名部队官兵和群众用纤绳，将桥墩拉正归位。得到汇报后，周总理非常重视，立刻赶到施工现场视察工作，走到群众中间，加入拉纤的队伍。

乔羽听后，夜不能寐，写出了《黄河纤夫曲》——

"背负青天，面朝黄土，为了伟大的中华民族，承担起一身重负。几代人的坚定脚步，几代人的铮铮铁骨，几代人的壮志雄图：不让百姓再受苦，要让人民享清福。看那云霞灿烂处，走来了我们黄河纤夫。"

这首纤夫曲是写给周总理的，也是写给劳动人民和一切创业者、建设者的，因为周总理永远和人民群众在一起。

《东方红》是新中国第一部歌舞史诗巨作，洋溢着无产阶级的革命精神，反映了伟大的中国人民艰苦卓绝、前仆后继，将革命推向前进的英雄气概。秋收起义的革命风暴，井冈山革命根据地的斗争事迹，二万五千里长征的艰苦岁月，革命圣地延安的壮丽风光，抗日游击队的战斗情景，反饥饿、反迫害、反内战的人民怒潮，以及百万雄师过大江的伟大进军，这些新中国诞生前的历史斗争场面，都通过感人的音乐舞蹈形象，如数家珍地再现在观众眼前。

《东方红》不仅让乔羽的创作能力得到全面锻炼，周总理的人格魅力也深深地影响着他，他的心更贴近人民，艺术创作更加精益求精。

"歌德派"

歌迷来信一封接一封寄到乔羽的案头。这些人远在千里之外,歌曲却架起了一座心灵的彩桥,让他们心心相通。

这天夜晚,忙完了工作,乔羽拆开一个信封,在灯下细读。信是一名大学生寄来的。信中写道:"乔羽先生,您是中国最大的'歌德派',我喜欢这样的'歌德派'。"

乔羽笑了。他抬起头,回味着这句话。这名大学生很幽默,借用德国诗人歌德的名字传达了"弦外之音"。在文坛,"歌功颂德"这个词含有贬义,等同于"拍马屁"。细想一下,乔羽创作的广为流传的绝大多数作品都是歌颂祖国、歌颂领袖、歌颂英雄模范或普通劳动者的。《美丽的亚细亚》《友谊之歌》是歌颂中外友谊的,《人说山西好风光》《汾河流水哗啦啦》是歌颂大好河山的。有人议论,乔羽净做歌功颂德的事。今天,大学生说他喜欢"歌德派",让乔羽颇感欣慰。那些"歌德"式作品,都倾注了乔羽的真诚和深情,也许这就是人民群众喜闻乐见的原因吧。

窗外月色皎洁。他走到窗前,抬头只见好大的明月。"今人不见古时月,今月曾经照古人。古人今人若流水,共看明月皆如此。"李白的诗句引起了他对时光的感叹。

乔羽对歌德的喜爱,源自少年时代。他就读的中西中学是德国人创办的,有德国教师,他们的敬业精神给乔羽留下了深刻印象。从佩服德国教师到喜欢阅读德国人的作品,那是他成长道路上难忘的阶段。德国盛产哲学家,乔羽曾经迷恋过黑格尔、康德、恩格斯。开始艺术创作后,他的情趣渐渐向《歌德谈话录》靠拢。

歌德是德国诗人、剧作家,当过魏玛歌剧院院长,乔羽当过中国歌剧舞剧院院长。歌德当院长的经验与乔羽的许多观点不谋而合。歌德曾说:"我通过剧本来提高演员的水平。因为研究和运用卓越的剧本必然会把一个人训练成材……我还和演员们经常接触。我亲自指导初步排练,力求每个角色都显出每个角色的意义。主要的排练我也亲自到场,和演员们讨论如何改进。每次上演我都不缺席,下一次就把我认为不对的地方指出来……"乔羽惊叹,他们虽处在不同的年代、不同的国度,但在工作中精益求精这一点上,他们居然惊人地相似。不过,他虽然喜欢歌德,但乔羽就是乔羽,吸纳他人经验的同时,他也在为形成自己的风格不断求索。

乔羽联想丰富,充满浪漫情怀。

有一年元旦,电视台安排了拍摄活动,他跟随摄制组登上长城。天蒙蒙亮,山色幽暗,刚下过一场雪,白雪覆盖了山坡。他穿得厚厚的,北风吹来,仍不免一阵战栗。

见摄影师不停地搓着手,乔羽问:"有点冷吧?"

"真没想到这么冷,"摄影师带着歉意,"实在不好意思,委屈您了。"

这简单的对话引起了他无尽的思绪。如果恰逢一场铺天盖地的大雪该多好啊！什么"燕山雪花大如席",什么"望长城内外,惟余莽莽",这种大胸怀、大寄托,不就都变成切身感受了吗!

除了电视台的几个人,他眼前的景象可谓"千山鸟飞绝,万径人踪灭"。唐代卢纶的那首五言绝句浮现在他的脑海:"月黑雁飞高,单于夜遁逃。欲将轻骑逐,大雪满弓刀。"此时群山静寂,愈静寂,他的思维愈活跃,仿佛时光倒流,引他飞向了往古。

岂止雪满弓刀的将士们的争战杀伐,他仿佛看见了长城的建造者,看见了范喜良和他的妻子孟姜。乔羽想,他们比我更耐冷,更有力。这不可计数的砖块是他们一块一块烧成的,这庞大的建筑是他们一块一块垒砌起来的,他们在群山万壑中获得了不朽的生命。他们有精力,有耐性,有历劫不磨的金刚之躯,也有绕指之柔的儿女情长。他们不惧劳役之苦,筑起这座惊世的建筑,也以巨大的悲愤,不惜哭倒自己筑起的巨大高墙。他们毫不掩饰自己的无奈与无力,用行为体现着人类的自尊与自强。也许，孟姜是感受到了寒冷，才为丈夫送来棉衣的吧。但她到来的时候，丈夫已经葬身荒山野岭……

在不同的际遇中，乔羽观察和感受着身边的世界。他领略了这世界的多姿多彩，也捕捉到心中涌动的真情。只有动了真情，他才会提笔创作。他歌颂一切值得歌颂的，不说半句假话。当无数先辈用鲜血换来的崭新国家建立的时候，社会主义新中国的主人是怎样地欢欣鼓舞啊！人们按捺不住这巨大的喜悦，只能用歌声抒发自己对祖国的热爱。一个抒情的时代随着中华人民共和国的建设和发展而出现。文艺作品的主题由"为祖国而战"转变为"为祖国而歌"，歌颂成了人民群众抒发真情实感的最佳方式。

乔羽用一首歌表达了他的创作心态："我把这份儿绚丽多彩的人生，酿成了一支歌，两支歌，千支歌，万支歌。我唱一支歌，唱一支春天的歌。如果我的歌声停歇了，那是我正在酿造一支崭新的歌。"

一只蝴蝶飞呀飞

蝴蝶真美,翅膀上布满了斑斓的色彩,它们是会飞的花朵,吸引着无数人的目光。曾经,有一只蝴蝶飞进乔羽的心中,飞了二十多年,化作一首深情的歌。

那是一九六二年,初夏午后,乔羽从外地回到北京家中。屋里静悄悄的,他走进卧室,推开窗户,一阵清风吹了进来。窗外是一大片农田,庄稼碧绿,菜花金黄,两三个农民戴着草帽在田头忙碌,几座茅棚点缀其间,一派田园风光。

乔羽沐浴着阳光,深吸了几口气,忽然,一只金色的蝴蝶飞过来,轻盈欢快地绕着圈子。他睁大眼睛,不敢动了,生怕惊动这飘然而至的小精灵。

蝴蝶飞呀飞，穿过窗子，飞进屋来了。它旁若无人，不慌不忙，绕室飞了一圈又一圈。乔羽紧盯着它，默默地数着，蝴蝶飞呀飞，一共飞了六圈，最后扑扇着金色的翅膀，又从窗口飞远了。乔羽目送着它，一直看它消失在闪亮的阳光中，碧绿的田野里。

他静静地站着，望着蝴蝶飞去的方向，圣洁之感溢满心头。这情感渐渐加强，好像有根无形的魔杖把沉淀在心底的往事都搅动了。说不清是什么滋味，甜蜜、忧伤、思念、期盼……他完全不能自控，也不想控制，这绝不是痛苦，而是一种奇异的、令人战栗的幸福感。

他想起大运河边也有这样的蝴蝶。那时候，他拽着父亲的大手，"儿童急走追黄蝶"。父亲弥留之际，拉着他的手，说"你太小了"。大哥含辛茹苦，肩负家庭的重担。二哥新婚，不辞而别，一去再无音讯，二嫂独守空房几十年。十八岁那年，母亲目送他离家，满眼的担忧和不舍。北方大学的老师带领他们走进太行山，克服困难，坚持学习……蝴蝶使往事一幕幕浮现，撞击着他的心灵。

这是一次意蕴无穷的奇遇，乔羽心里涌起创作的冲动，但他没有立即动笔，而是把它藏进心底，像陈年老酒，一搁就是二十多年。那些年，他看到了太多的悲欢离合，尝尽了人世间的百般滋味。他时常坐在窗前，凝视窗口那一方蓝天，渴望那只蝴蝶再现……

一九八七年三月二十一日，乔羽醒得很早。太奇怪了，他做了一夜的梦，这些梦乱七八糟，梦里时聚时散，时悲时喜，折腾了他整整一夜。起床后，他有写作的欲望，却又说不清要写点什么。他想写东西的时候不多，大都是别人逼着写，这种心血来潮的冲动却是不请自来的。早饭前，他只是想写，却不知道写什么。早饭后，丁零零——电话响了。他去接电话，是远在美国的华侨朋友打来的。

"乔羽先生，您托我的事，有消息了！"话筒里传来激动的声音，"您的二哥乔庆瑞还健在，不仅健在，他还是一位医学专家呢！"

花甲之年的乔羽握着电话，流下了热泪。

五十年前，二哥离家，后来去了台湾。开始那几年，他想尽办法与家人取得联系，都未成功。后来他得到消息，说济宁他家那条街被日本鬼子血洗一空。他万念俱灰，梦断异乡，又在台湾娶妻生子，专注于医学领域，还担任过医院院长职务。

战乱迫使他流离失所，与亲人分离整整半个世纪。父母盼到死，也没盼到二儿子的下落。一个"盼"字，让老人绝望了，碎了心。二嫂也在苦盼，春夏秋冬，黑夜黎明，从少妇盼到了老妪，终于得来了丈夫的消息。家庭是时代的缩影，一个民族的伤痕在滴血。

撂下电话，乔羽心中五味杂陈，有种醉乎乎的感觉。他提起笔来，情不自禁地写了起来：

"你从哪里来，我的朋友，好像一只蝴蝶飞进我的窗口。不知能作几日停留，我们已经分别得太久，太久。你从哪里来，我的朋友，你好像一只蝴蝶飞进我的窗口。为何你一去便无消息，只把思念积压在我心头。你从哪里来，我的朋友，好像一只蝴蝶飞进我的窗口……难道你又要匆匆离去，又把聚会当成一次分手。"

在乔羽的词作中，这是创作时间最长的一首。他反复读着新作，一个心结解开了，心里踏实了，舒畅了。这一次，蝴蝶落在纸上，再也不会飞走了。

有些东西就是这么神奇，你寻觅它不可得，不经意间，它却悄然而至。心理学家说过："感觉的形成极其复杂，其生理机制虽然已被探明，但详情仍不清楚。"乔羽从不表达"不清楚"的情感。他有自己的阅历，这阅历是他创作灵感的富矿。如何开掘这座富矿，他再清楚不过了。有人说《思念》是一首朦胧诗，他不同意："我素来不写朦胧诗，其实《思念》中的东西，都是每个人经历过的情感过程。"

二十世纪八十年代，海峡两岸的交流日趋密切，《思念》在这样的历史背景下诞生，好似放飞的一只蝴蝶精灵，在经受了骨肉分离之苦的海峡两岸的国人心头飞翔。作曲家谷建芬闭门谢客，为《思念》谱曲。一九八八年，中央电视台春节联欢晚会推出了这首新歌。一夜之间，这只蝴蝶从春晚现场飞进了亿万观众的心里。

有一次，乔羽乘坐公共汽车。

忽然，有人在他耳旁轻轻地说："我喜欢您的

《思念》。"

他转头一看,是个女孩。

"你多大了?"

"十三。"

"十三岁?你还不懂这个呢。"

"我懂,"女孩很认真,"我什么都懂。"

在女孩看来,那飞进窗口的蝴蝶,幻化成了她心中的牵挂。她的感受跟大人比,肯定不同。她有自己的情感世界,有属于她的思念。同一首歌,每个人都喜欢,都有不同的理解,没有标准答案,这正是艺术的魅力。

就在这一年,乔羽的二哥回大陆探亲了。

乔羽和亲友们到兖州火车站迎接。"迎亲"队伍聚集站台,二哥庆瑞从车厢里颤颤巍巍地走下来,久别重逢的兄弟泪流满面。车队驶到乔家门口,二嫂的心乱跳乱撞,呼吸都困难了。终于见到了丈夫,心里知道是他,泪眼却认不出来。骤然间,藏了几十年的委屈,涌上心头,两位老人跪在一起,抱头大哭。一切都水落石出,一切都为时已晚;一切都实现了,一切又都消失了。

二十九天后,二哥返回台湾,那边也有他牵肠挂肚的妻儿。从此,二哥一病不起。离世前三天,他给乔羽打电话,询问二嫂近况,说他很想家,一做梦就回家了,见到了父母。不久,二嫂也离开了人世。遵照二嫂遗嘱,亲人们将她的骨灰撒进了大运河。她要顺着运河奔向大海,与丈夫相聚,再也不把聚会当成一次分手……

难忘今宵

　　台湾、香港、澳门早日回归，这是祖国和人民的期盼，就像一位母亲盼望着儿女回家。早在一九八四年，乔羽就创作了一首期盼祖国统一的歌曲，名叫《难忘今宵》。

　　那一年，中央电视台春节联欢晚会第一次邀请港台演员登台，这是破天荒的事，引起全国人民的关注。节目排练得差不多了，总导演黄一鹤看着海峡两岸和香港的演员同台亮相，其乐融融，心想：如果有一首与此情此景气氛契合的歌曲，就锦上添花了。他想到了"词坛泰斗"乔羽。

　　"乔老爷，有事相求！"黄一鹤匆匆找到乔羽，"能不能为今年春晚的结尾写一首歌词？"

算算时间，演出的日子临近了，乔羽苦笑着说："我就怕听到让我写歌，我写歌很慢、很难，答应人家半年多了，还是写不出来。"

"不是乔老写不出，只因未到动情处。"黄一鹤迫不及待地说，"咱们今年的春晚与众不同，为了更上一层楼，电视台下足了功夫，请来了港台的演员，同胞一家亲，这首歌要有家人团聚，祖国大团圆，亲人间的骨肉之情和对未来的希望……"

这一番话，触动了乔羽，他想起二哥，想到海峡阻隔，有多少亲人无法相聚。

他问："什么时候交稿？"

"我坐在这里等，写好就拿走。"

这里是工作场所，人来人往，声音嘈杂。

"这么乱，我怎么能写下去呢？"乔羽皱起眉头，"这样吧，我找个僻静地方，熬个通宵，明天一大早把歌词交给你。"

黄一鹤感激不尽。

常常有人找乔羽写歌，总说随便写两句就行，他却从来不敢随便。他说："既然写了，就得写好。"夜深了，乔羽打开一瓶好酒，自斟自饮，思考着歌词。他酒量大，颇有太白遗风，为了健康，他严格控制着酒量。几口酒下肚，他灵感的细胞被唤醒了，仿佛春芽萌动，有话要说了，可是，疲惫也同时袭来。他闭上眼睛休息了一个多小时，养养精神。

凌晨两点多，他起床了，先在屋子里转了几圈，忽然拉开窗帘，仰望深邃的夜空。那万千星光，多像遍及世界各地的中华儿女啊！每一个中华儿女，无论在天涯还是海角，都有一个共同的愿望，那就是，看到祖国一天比一天强大，一天比一天美好……乔羽浮想联翩，找到了"动情点"。他快步走到桌前，动起笔来了，只用了两个小时，一首名为《难忘今宵》的歌词就写完了。

第二天一大早，黄一鹤看到歌词，拍案叫绝，这正是他想要的歌词。他立刻去找作曲家，抓紧谱曲。

除夕夜，中央电视台春节联欢晚会接近尾声，歌唱家李谷一走上舞台，演唱了一曲《难忘今宵》：

"难忘今宵，难忘今宵，无论天涯与海角。神州万里同怀抱，共祝愿，祖国好，祖国好。告别今宵，告别今宵，无论新友与故交。明年春来再相邀，青山在，人未老，人未老。"

曲调舒缓深情，歌词意味深长，满怀家国深情，感动了亿万观众。

从此，在大大小小的文艺晚会上，在宾朋相聚、合家欢乐的宴会上，人们反复传唱着这首歌，在海内外引起强烈共鸣，增强了中华民族的向心力和凝聚力。《难忘今宵》创造了一个奇迹：每一届央视春晚，都会在最后时刻唱起这首深情的歌曲，由最初的独唱，发展到几人齐唱、多人合唱。此时，焰火映红夜空，家家举杯贺岁，那亲切的旋律就在耳畔萦绕，那熟悉的歌词唱出了中国人的心声。

有一次，乔羽笑呵呵地说："我写歌词很慢，但《难忘今宵》那首歌真是一点儿劲都没费，喝着酒就哼哼出来了。"这话里带着玩笑，也饱含着自豪。创作灵感的诞生绝非偶然，乔羽始终关心着祖国的统一大业，他的心与人民的心一起跳动，他的歌词就是民心所向。

不知是不是这首歌冥冥中起到了召唤作用，

一九八四年十二月十九日，传来一则好消息，中英两国政府在北京正式签署《中华人民共和国政府和大不列颠及北爱尔兰联合王国政府关于香港问题的联合声明》，中国政府将于一九九七年七月一日对香港恢复行使主权。

好朋友

    一首歌曲能让群众喜爱,不仅需要好歌词,还要有好旋律、好歌喉。只有词作家、作曲家、歌唱家的完美配合,才会诞生传世之作。乔羽常说,他的成功是朋友们并肩携手、共同努力的结果。"一个篱笆三个桩,一个好汉三个帮。为了大家都幸福,世界需要热心肠。人生的道路多曲折,人生道路又漫长。谁也难免遇到险阻,谁也难免遇到忧伤。只要你我热情相助,懦夫也会变成金刚……"这是《世界需要热心肠》里的歌词,道出了乔羽对友情的珍视。

    他有许多朋友,"军歌之父"郑律成是他难忘的知己。

郑律成是朝鲜全罗南道光州（今韩国光州）人，他十九岁来到中国，投入抗日战争，为了中国人民的解放和建设事业，谱写了《延安颂》、《八路军进行曲》（后更名为《中国人民解放军军歌》）等作品，鼓舞人心。乔羽回忆说："我们相识以后，我不震惊于他的才华和盛名，却震惊于他的质朴和率真。与他相处，如面对一个果敢的战士、一个勤于耕作的农夫、一个了无心计的赤子，这使我心中产生了友谊。""律成同志用他的歌曲，将自己的生命同中国人民的革命事业结成一体。人民是不朽的，律成同志的歌曲也是不朽的。"

乔羽是词作家，郑律成是作曲家，他俩常在一起坦诚交流，探讨艺术，互相促进。文学与音乐的共同事业让他们结下了几十年的友谊。

有一天，郑律成说："咱们得找点事干。"

"能干什么呢？"

"我要把毛主席的诗词全谱上曲！"

郑律成崇敬毛主席，把毛泽东诗词看作一部独特的中国革命史。

"好，我来抄写诗词！"两人一拍即合。

几天后，乔羽去探望郑律成。好朋友兴冲冲地递过来一摞谱纸，将第一首诗词谱好了曲。乔羽一看，郑律成手写的音符工工整整，像印刷品一样。乔羽见过他的手稿，上面有改来改去的痕迹，很乱，这份谱子是郑律成精心誊写的，足见他对领袖的敬重。回到家，乔羽研墨铺纸，用工整娟秀的小楷将诗词原文填写在谱纸上。他全神贯注，每写一个字都斟酌再三，一丝不苟。他和郑律成一样认真。

乔羽捧着歌词，交给郑律成。郑成律轻轻翻阅着，耳畔仿佛响起了铿锵有力的歌声……

这是两名共产党员献给自己敬重的领袖的精心之作，也代表着作曲家在他成熟以后达到的一个创作高峰。这份手工制作、装帧讲究的曲谱，如今完好地被保存在中国档案馆里。这项被载入史册的特殊时期的"文化工程"，是乔羽与郑律成艺术情缘的结晶。

一九七六年，艺术家们迎来了创作的春天。长春电影制片厂拍摄电影《锁龙湖》，邀请乔羽、郑律成创作主题歌。

一天，两位老友心情舒畅，在微山湖畔体验生活。

乔羽看到畅游的鱼儿，逗趣地吟道："鱼呀，鱼呀，今天你在湖里游，明天你到我肚子里来游吧。"

郑律成被逗笑了。

"别光笑啊，我已经作了词，你给谱曲吧。"

郑律成略加思索，真把这句玩笑唱出来了。

"不行，不行，"乔羽直摇头，"山东的鱼，用咱们山东小调唱才好听呢！"

乔羽就唱给他听。山东口音配上山东小调，真对味。

"我看你是馋鱼了。"郑律成从老乡那里买来渔网，走到微山湖大坝的桥墩下。

乔羽会钓鱼，却没撒过网，只能看着郑律成把鱼堵在桥墩附近。鱼很多，在网子里跃动，游不出去。望着热闹的景象，乔羽激动了，像勇士一样跳下水，竟然用双腿把一条大鱼挤在桥墩边上。

"快来呀！快来呀！"他像孩子一样欢呼，"我夹住了一条鱼！"

"你有那么大本事吗？"郑律成得意地提起渔网，"瞧瞧，这些是我网住的鱼！"

乔羽推一推鼻梁上的近视镜，仔细瞅了瞅，哈哈大笑起来。

他们是事业上的伙伴，生活中的挚友。没想到，这年年底的时候，郑律成因忙于创作，突发疾病离世。乔羽怀着悲痛和怀念，含泪撰写碑文，其中有这样一段话："律成的友人中，有相与始终的革命将帅，有林中的猎户，水边的渔民，矿山林场的工人。旧友日见情深，新交相逢如故。"其实，这也是乔羽的自我写照。他不是只有文艺界的朋友，身边的老百姓也是他的好友。

有名人就有崇拜，这是现实。但是，无论名人还是普通人，都有两只耳朵，一双眼睛，名人也是从默默无闻中走出来的。乔羽喜欢随意、自由自在的生活。他说："我乐意和老百姓打交道，是因为这些人的心态让人感到舒服畅快，何况我乔某人也是个普通人。"

他与居住区周围理发的、卖烟的、卖报的、干零活儿的、小饭馆的老板、市场上的小商贩都是好朋友。他们几天不见乔羽就想他，乔羽几日不见他们也觉得不自在。他经常自己出去买东西，跟他们开开玩笑。有些事让他很感动——外地朋友来看望乔羽，就近买点礼物。听说客人要去乔羽家，店家就不肯收钱，总要推来让去好长时间。老百姓交朋友交的是人间真情。生活在这种氛围里，乔羽感到很踏实。知道老百姓的脉搏怎样跳动，才能创作出老百姓真正喜欢的东西。

乔羽用作品创造着伟大，却用心灵固守着平凡。他说："作家把读者当上帝，演员把观众当上帝，这也是说的与人民群众的关系问题。我在创作时，首先把握两条：一是照顾大多数人的感情；二是要让普通老百姓一听就明白，一听就喜欢。这两个问题解决不了，我是不动笔的。"

永远是孩子

乔羽热爱孩子,他始终有着一颗金子般的童心。

新中国成立后,乔羽的工作就是创作儿童剧本。他一头扎进儿童题材里,接连创作出《果园姐妹》《森林里的宴会》《宇宙的骏马》等七部儿童题材的作品,这些作品多次荣获国家级奖项。

他创作的第一首儿童歌曲《让我们荡起双桨》,是新中国第一部校园儿童电影《祖国的花朵》的主题曲。"让我们荡起双桨,小船儿推开波浪。海面倒映着美丽的白塔,四周环绕着绿树红墙。小船儿轻轻,漂荡在水中,迎面吹来了凉爽的风……"这首歌红遍华夏大地,成为新中国最受儿童喜爱的歌曲之一，影响了一代又一代人。

一九五六年，乔羽创作的第一部电影剧本《红孩子》，就是儿童电影。他为影片写了一首享誉后世的主题歌《共产儿童团歌》："准备好了么？时刻准备着，我们都是共产儿童团，将来的主人，必定是我们……"

共和国启航的第一个十年里，乔羽创作了许多叫得响的儿童题材作品。他喜欢这份工作，沉浸在儿童世界里时，他是幸福的。很多时候，人的灾难来自人的野心，如果多一些童心，世界就会不一样。

后来，由于工作原因，他不再专职从事儿童题材创作，然而，一不留神，他偶尔还会创作儿童歌曲。唱着他的歌长大的几代人，都想请他给孩子们写新作。中央电视台几乎所有的少儿节目主题歌都由他"操刀"。六十一岁时，他为少儿节目《大风车》创作了主题歌："大风车吱呀吱哟哟地转，这里的风景呀真好看。天好看，地好看，还有一起快乐的小伙伴。大风车转呀转悠悠，快乐的伙伴手牵着手。牵着你的手，牵着我的手，今天的小伙伴，明天的好朋友。嘿，好朋友！"歌词通俗易懂，富有童趣和动感，加上旋律欢快热烈，二十多年来深受孩子们喜爱。

很多人问乔羽创作儿童歌曲有什么技巧，他说："非要说的话，那就是保持童心童趣。"他总是觉得自己还是个孩子，还有好多快乐的事要做呢。

有一回，乔羽生病住院，天天输液。他无聊地躺在病床上，望着药瓶上的"注射液"三个字，咂着嘴。

这时，护士走进病房。

他可怜巴巴地说："换个液体输吧。"

"这个药是疏通血管的，"护士说，"您想输什么液呀？"

"五粮液。"

病房一阵哄笑。

躺在病床上，他也没有忘记逗人笑。

八十高龄，乔羽再次拿起笔来，讴歌童心，创作了《我们永远是孩子》："我们是孩子，我们永远是孩子。……人间有我们的微笑，人类永远不会衰老。世上有我们的歌谣，世界永远不会衰老……"

这是乔羽歌词中用字最多、篇幅最长的作品，他把"我们永远是孩子"作为至高至善的理想反复吟唱，这是他向世人发出的真情呼唤。在大自然面前，人人都是孩子，在孩子般的微笑中，世界永远纯真而美好。他用一颗童心，表达了天人合一的思想，礼赞美好生命和宇宙万物，抒发了对世界和平的向往。细细品味，这不愧是一位智慧老人留给后代的"家训"。

乔羽意味深长地说："和茫茫的宇宙相比，和大自然相比，我们人类是多么渺小啊！……我们都是孩子！假如将这首歌唱出来，拍一部音乐电视片，让世界各国的元首每人都说一句'我们永远是孩子'，那该有多好啊！"

乔羽的心中永远装着孩子，因为孩子是祖国的未来。为了祖国的未来，他愿化作雨露，滋润幼苗；他愿化作泥土，给种子输送养料。

他创作过一首《雨露与泥土·无名者之歌》，其实，他就是那可亲可敬的"无名者"："你不是三月的繁花，你是花枝上的一滴水珠；你不是金秋的硕果，你是果树下的一方泥土。人们赞美盛开的鲜花，常常忘记了点点滴滴的雨露；人们赞美甘甜的果实，常常冷淡了无声无息的泥土。今天我要为你歌唱，歌唱你这点点滴滴的雨露；今天我要为你歌唱，歌唱你这无声无息的泥土。花儿开了，那就遂了你的心愿；果子熟了，你就感到无比的幸福。感到无比的幸福。"

百年如歌

亲爱的小读者，你们还小，像早春的第一片绿叶，似含苞欲放的花蕾，当然，也如一张白纸，可以在上面写最新最美的文字，也可以在上面画最新最美的图画。现在，这张白纸已经摆上了人生的案头，你们该怎样描绘你们的未来呢？

乔羽爷爷的人生故事和他留给我们的歌，就是一部生动的人生指南。他从来没有随手写过一首歌词，每一次创作都像第一次创作一样。别人认为很容易，可不知道他有多难。有一次，乔羽与作家王蒙相遇，乔羽说："你是作品上千万字的大作家，我是作品只及你千万分之一字数的词作家，比不上你。"王蒙笑道："你是以一当千，你那些歌曲唱响全中国，一直唱到现在，我比不上你。我的作品死了，你的还会活着。"虽是笑谈，却也道出了乔羽作品的艺术魅力。他的歌词扎根在中华传统文化土壤里，歌唱美好生活，呼唤人间真情，浅显中有深意，平白里寓哲理，总能给人乐观向上的人生启迪。

有一天，乔羽到北京大学参加活动。记者想以北大老校门做背景拍摄乔羽的一组镜头，引来了许多热情的歌迷。

有人一边喊"乔羽先生"，一边往人群里挤。

一位五十多岁的妇女，她给乔羽鞠了个躬，说："我是唱着您的歌长大的！"

"我也是唱着您的歌长大的！"

"我也是！"

"还有我呢！"

……

人群热闹起来。

面对着唱着自己写的歌长大的"上帝"，乔羽微笑着，不知说什么好。

一名大学生说："乔羽爷爷，我也姓乔，我是北大三年级学生。"

"哦，咱是一家子。"

"我给您唱一首歌吧！"

"好，好。"乔羽微微颔首。

乔同学站在老人对面，唱起了"一条大河波浪宽，风吹稻花香两岸……"他太激动，调门儿起高了，有点声嘶力竭，高音部分却出乎意料地顶上去了，大家热烈地鼓掌。他那真诚的表情和闪闪的泪光，惹得乔羽也鼻子酸酸的。

乔同学告诉老人："北京大学有许多在国外留学的学生，逢年过节想家了，最爱唱您写的歌。去年春节我在德国，就和校友们高唱《我的祖国》，唱着唱着，同学们泣不成声。"

乔羽一个劲儿地和他握手，感慨地说："用心灵唱歌，比用嗓子唱歌更重要。"

是的，好歌都是先征服了心灵，然后才传之久远。歌曲的命运掌握在群众手里，好歌的出路在真情实感，技巧永远都不是排第一位的。在家里唱乔羽的歌，让人爱家；在他乡唱乔羽的歌，让人想家。

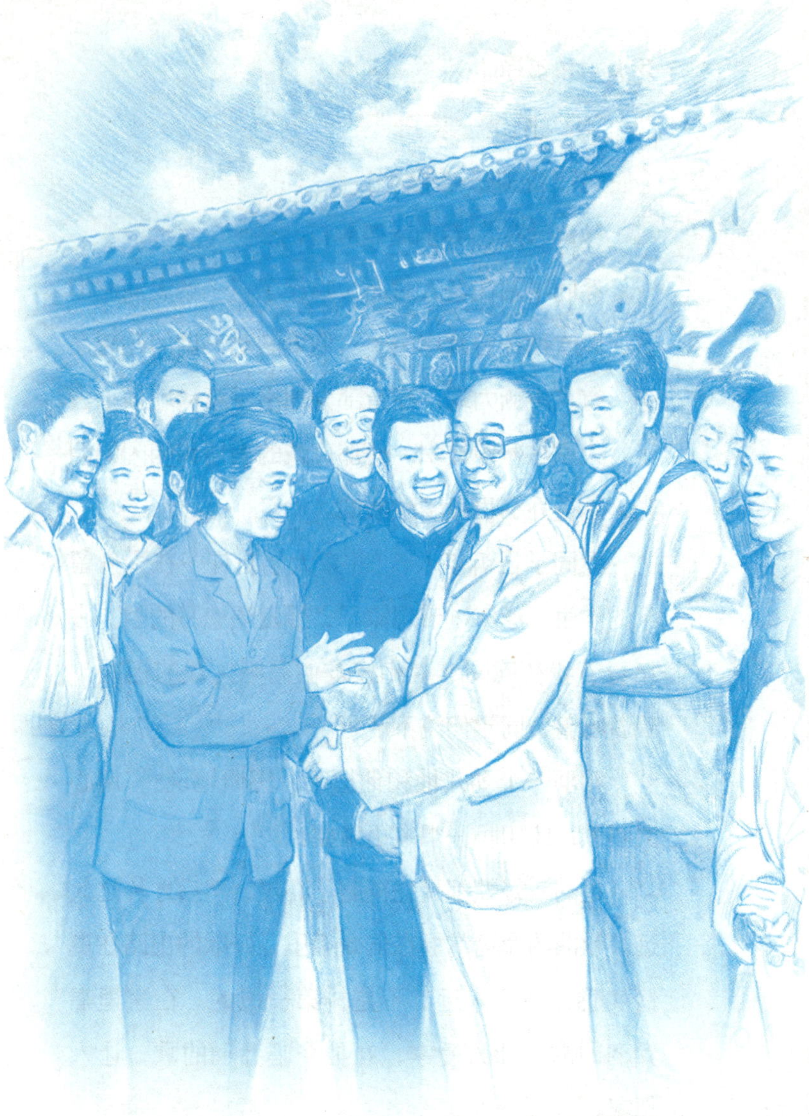

这天晚上，乔羽书房里的灯光亮了很久很久。年纪大了之后，他是不熬夜的，校门前的情景让他思潮起伏。

离开故乡七十多年了，但他骨子里仍然是大运河的儿子。想起父亲牵着他的小手，漫步河边，往来于民风淳朴的街巷，他的耳畔又响起了父亲那不紧不慢的温和话语，多么亲切的乡音啊！父亲的教诲，为他播下了艺术的种子，他用七十多年的光阴让这颗种子开花结果，如果父母听到这么多人唱着儿子写的歌，一定会露出欣慰的笑容。

晚年的乔羽，常常梦回故乡。早晨的河岸，绿树葱茏，鸟鸣声声，大树的枝桠间搭了很多鸟巢。水边丛生着芦苇、野麻、蒲草，三三五五的蜻蜓，在草尖上歇脚。水草深处，红脖子、花翅膀的水鸟，一声一声，唱得婉转迷人。醒来时，他觉得自己也是一只鸟了。他在一首歌中写道："我感觉，我像一只小鸟，忙忙碌碌，飞来飞去。不知在哪片树叶背后，捡来一条小虫；不知在哪个偏僻角落，捡来一粒米……"

有人问乔羽："您想怎么写墓志铭呢？"

他笑眯眯地说:"这里埋葬着一个写过几首歌词的人。"

二〇二二年六月二十日,乔羽去世了。但是,作为人民艺术家的乔羽还活着,他把生命融进了他的歌词。那些歌抒发着他的真情,就像一条大河,永不干涸,在祖国大地上静静流淌,滋润着一代又一代中国人的心灵。